Kindheit unterm Hakenkreuz

AF191563

Ursula Nies

Kindheit unterm Hakenkreuz

60 Jahre danach

Gewidmet meinem geliebten Bruder Otto, der 15-jährig als Flakhelfer den »Heldentod fürs Vaterland« sterben musste.

Bibliografische Information der Deutschen Nationalbibliothek
Die Deutsche Nationalbibliothek verzeichnet diese Publikation in der
Deutschen Nationalbibliografie; detaillierte bibliografische Daten sind im
Internet über http://dnb.d-nb.de abrufbar.

Satz, Umschlaggestaltung, Herstellung und Verlag:
Books on Demand GmbH, Norderstedt
ISBN 978-3-8334-7576-4

Inhalt

Wie alles begann

Man schrieb das Jahr 1918. Auf einer Bank im Schlosspark von Bayreuth saß mein Vater, beziehungsweise der Mann, der viele Jahre später mein Vater werden sollte, und dachte über seine Zukunft nach. Die Lage in Deutschland war nicht rosig. Der erste Weltkrieg war verloren worden. Die Lebensmittel waren rationiert. Es gab Tote und Verwundete zu beklagen. Seine persönliche Lage sah nicht ganz so schlecht aus. Er, der aus einfachen Verhältnissen kam, hatte seine Ausbildung als Volksschullehrer während des Krieges noch abschließen können. Aus seinem Kriegseinsatz an der Somme in Frankreich war er mit einem blauen Auge davongekommen. Eine Gelbkreuzvergiftung war ohne Folgen ausgeheilt. Nun also hatte er sich um seine allererste Stelle als Junglehrer beworben. Er hatte darum gebeten, in Bayreuth oder Umgebung eingesetzt zu werden. Die Antwort auf seinen Antrag hielt er nun in der Hand. Der Umschlag war blau, trug einen amtlichen Stempel und war noch verschlossen. Der junge Mann öffnete mit bangen Gefühlen das Couvert. »Und werden Sie der Volksschule in Marxgrün zugewiesen…«, las er. »Wo um alles lag Marxgrün?« Er holte eine verschlissene Karte von Oberfranken aus der Tasche und suchte. Nach längerem Studium wurde er fündig. Auf der Stelle der Karte, auf der in großen Buchstaben »Frankenwald« stand, fand sich ein kleiner roter Punkt, neben dem kaum leserlich »Marxgrün« stand. Es musste sich um ein sehr kleines Dörfchen im Frankenwald handeln. Sein Wunsch, in Bayreuth eingesetzt zu werden, war also nicht in Erfüllung gegangen. Der junge Mann seufzte, aber er fügte sich in sein Schicksal. Zwei Tage später saß er im Zug nach Marxgrün. Sein Anzug war abgewetzt, Ärmel und Hosenbeine zu kurz. Der Anzug stammte noch aus seiner Zeit vor dem Militär.

Wahrscheinlich war er in der Zwischenzeit doch noch etwas gewachsen. In der Jackentasche trug er ein Butterbrot. Ein Mittagessen in einem Gasthaus hätte er sich nicht leisten können. In Marxgrün angekommen fragte er sich nach der Schule durch. Er merkte sofort, dass er Neugier und Aufmerksamkeit erregte. Man erwartete im Dorf einen neuen Lehrer und der junge Mann im schäbigen Anzug konnte der neue Lehrer sein. Der ältere Kollege, der ihn schon erwartet hatte, begrüßte ihn herzlich, fast kumpelhaft. »Na junger Freund, wohl etwas vom Fleisch gefallen während des Krieges. Sie sollen sehen, bei uns erholen sie sich prächtig. Die frische Luft, die Ruhe! Die Abgeschiedenheit!« Nun waren Ruhe und Abgeschiedenheit nicht gerade die Dinge, nach denen ein junger Mann sich sehnt. In der Betriebsamkeit seiner Geburtsstadt Bayreuth hätte er sich mit Sicherheit wohler gefühlt. Als er aber seinen zukünftigen Wirkungsbereich näher besah, war er fast schon wieder versöhnt. Das Dörfchen lag idyllisch in der Landschaft. Das Schulgebäude hatte zwei große Klassenräume, einen für die Klassen 1 bis 4, einen für die Klassen 5 bis 8. Vati sollte die Klassen 5 bis 8 übernehmen. Noch waren Ferien, aber die Nachricht, dass der neue Lehrer da sei, hatte Neugierige zum Schulhaus gelockt, in der Hauptsache natürlich Kinder, aber auch Erwachsene versuchten, einen Blick auf den neuen Lehrer zu erhaschen und Vati bekam einen ersten Vorgeschmack davon, was es heißt, eine »Respektsperson« zu sein. Danach besichtigte Vati auch noch das Zimmer, in dem er zur Untermiete wohnen sollte. Es war einfach eingerichtet, aber die Familie empfing den Herrn Lehrer aufgeregt und voller Hochachtung. Als Vati das Dörfchen am Nachmittag wieder verließ, war er aufgeräumt und guter Dinge. Er freute sich auf seinen Beruf. Als der September ins Land zog und die großen Ferien zu Ende waren, begann Vati mit seiner Arbeit als Junglehrer. Für die Dorfkinder, damals noch nicht abgelenkt von Filmen und

Fernsehen, war die Schule der Mittelpunkt ihres Lebens. Vati wiederum, war ein begeisterter Lehrer, der voll in seinem Beruf aufging. Für Kost und Logis bezahlte er nur ein paar Mark und obgleich Lehrer damals sehr wenig verdienten, konnte er sich bald einen neuen Anzug kaufen, einen, der ihm passte und in dem er nicht aussah wie ein Konfirmand in einem geliehenen Kleidungsstück. Während Vati wochentags mit Begeisterung seiner Arbeit nachging, machte er sich am Sonntag fein. Er zog seinen neuen Anzug an und kämmte seinen Scheitel besonders sorgfältig. Von einer Familie im Dorf lieh er sich ein Fahrrad, schwang sich darauf und fuhr damit in die umliegenden Ortschaften zum Tanztee, um sich unter den jungen Damen umzusehen. Schließlich wollte er nicht immer Junggeselle bleiben. Er machte einen Tanzkurs, war bald ein begehrter Tanzpartner und manche Mutter einer heiratsfähigen Tochter lud ihn zu sich ein. Eines Tages hörte Vati, dass im Cafe Rheingold in Schwarzenbach die Mädchen besonders schön sein sollten. Er beschloss, auch diesem Cafe einen Besuch abzustatten. Mit der Bahn fuhr er nach Schwarzenbach. Schnell fand er auch das Cafe Rheingold. Vati war noch dabei, seinen Scheitel zu richten und sein Äußeres einer letzten Prüfung zu unterziehen, da wurde die Tür zum Restaurant geöffnet und durch den schmalen Türspalt hindurch sah Vati ein bildschönes Mädchen sitzen. Er fühlte, wie ein heftiger Schmerz seinen Körper durchzuckte. Danach brauchte er geraume Zeit, um sich von diesem Schreck zu erholen. Schließlich nahm er seinen ganzen Mut zusammen und betrat das Lokal. Mit noch immer zitternden Knien setzte er sich an einen kleinen Nebentisch. Die nächste halbe Stunde verbrachte Vati damit, das Mädchen, das ihn so tief beeindruckte, heimlich zu beobachten. War sie verheiratet? War sie in festen Händen? Nichts deutete darauf hin. Vati, sonst bei Gott nicht schüchtern, blieb zurückhaltend. Er forderte andere Mädchen zum Tanz auf ohne das Objekt seiner Träume aus den

Augen zu verlieren. Gegen Abend, als Vati das Lokal verlassen musste, um seinen Zug nach Marxgrün zu bekommen, hatte er mit einer ganzen Reihe von Mädchen getanzt, nur nicht mit dem, das ihm so gefiel. In den folgenden Wochen verbrachte Vati jeden Sonntag im Tanzcafe in Schwarzenbach. Er beschränkte sich darauf, Erkundigungen einzuziehen. »Wie hieß sie? War sie wohlhabend? Würden ihre Eltern einen bescheiden verdienenden Lehrer als Schwiegersohn akzeptieren?« Nach mehreren Monaten kam ihm der Zufall zu Hilfe. Er vertraute sich einem Kollegen an, der einen Kollegen kannte, der eine Freundin kannte. Vati schaffte es, meiner Mutter vorgestellt zu werden. Als die beiden sich offiziell kennengelernt hatten, muss der gegenseitige Eindruck überwältigend gewesen sein. Die Verlobung fand im Jahr 1926 statt, die Hochzeit ein Jahr später. Mutti stammte aus einer wohlhabenden Bäckerei und meine Großmutter sparte nicht an der Aussteuer. Die Möbel waren vom Feinsten. Zwei Truhen, vollgefüllt mit allerbester Aussteuerwäsche und ein echter Orientteppich gehörten dazu. Die Aussteuerwäsche sollte uns später das Leben retten. Das war aber viel später, und Großmutter sollte die Zweckentfremdung ihrer Aussteuerwäsche nicht mehr miterleben.

Eine glückliche junge Familie

Vati und Mutti bezogen eine kleine Wohnung in Schwarzenbach. Ein Jahr nach der Hochzeit kam planmäßig mein Bruder zur Welt. Er war ein strammes, gesundes Kind, das gut gedieh und seinen Eltern viel Freude machte. Mutti verstand es, mit dem bescheidenen Lehrergehalt meines Vaters auszukommen. Die kleine Familie war glücklich. Alles verlief zunächst nach Plan. Da Vati und Mutti beide aus kinderreichen Familien kamen, war es für sie klar, dass sie für sich selbst auch eine große Familie anstrebten. Als mein Bruder anfing zu laufen, meinten sie, es sei an der Zeit, sich um weiteren Nachwuchs zu bemühen. Aber dieser blieb aus. Mutti konsultierte mehrere Ärzte. Zunächst verwies man auf Muttis jugendliches Alter und darauf, dass die Zeit es schon richten werde. Später sprach man von Einkindsterilität und tröstete Mutti damit, dass ja ein gesunder Stammhalter bereits vorhanden sei. Mit der Zeit fanden meine Eltern sich damit ab, dass es zur angestrebten Großfamilie nicht kommen würde. Sie waren auch als Kleinfamilie glücklich.

Eine Reise und ihre Folgen

Die Jahre vergingen. Hitler kam an die Macht. Meine Eltern betrachteten die politischen Veränderungen mit Misstrauen. Vati bekam gleich am Anfang Ärger mit dem neuen Regime. Er machte im Lehrerzimmer eine Äußerung dahingehend, dass es noch so weit komme, dass alle mit dem Hakenkreuz auf dem Hintern herumlaufen müssten. Ein bösartiger Kollege zeigte ihn an. Vati wurde vor ein Schiedsgericht zitiert, zog seine Äußerung mit dem Ausdruck des größten Bedauerns zurück und kam mit einem blauen Auge aus der Geschichte heraus. Die Machtübernahme durch Hitler brachte aber auch einige andere Neuerungen. So wurde das Unternehmen »Kraft durch Freude« gegründet. Mit dieser Organisation sollten sich auch Menschen, die nur über bescheidene Einkünfte verfügten, eine Ferienreise leisten können. Im Frühling 1937 tüftelte Vati aus, dass man, äußerste Sparsamkeit vorausgesetzt, im Sommer eine Reise ins Gebirge machen könne. So kam es, dass meine Eltern im Sommer 1937 nach Oberaudorf reisten. Mutti, die noch nie in ihrem 33-jährigen Leben weiter als 60 km von ihrer Heimatstadt Schwarzenbach entfernt gewesen war, strahlte.

Die Bauersleute, die meine Eltern beherbergten, hatten ihre Schlafstube geräumt und sich in eine Gesindestube zurückgezogen. Die Schlafstube war zwar bescheiden möbliert, bot aber einen traumhaften Ausblick auf den »Wilden Kaiser.« Mutti genoss es, erstmals seit vielen Jahren frei von Pflichten zu sein. Sie erholte sich bei den leichten Spaziergängen im Gebirge. Besonders schön aber war es, wenn meine Eltern abends zusammen mit den Bauersleuten vor der Haustür auf der Bank saßen. Dort genossen sie den Ausblick aufs Gebirge und gingen erst ins Haus, wenn Dunkelheit und aufziehende Kühle zum Aufbruch gemahnten. Viel zu schnell vergingen die zwei Urlaubswochen. Sie sollten aber weitreichende Folgen haben. Als Mutti zu Hause war, stellte sie fest, dass sie schwanger war. Meine Eltern waren überglücklich über den verspäteten Nachwuchs, an den sie schon längst nicht mehr geglaubt hatten.

Über allem Glück aber schwebte die bange Frage: »Was wird aus der politischen Lage?« Am weltpolitischen Himmel zogen drohend und düster die Wolken des 2. Weltkrieges herauf. Im Mai 1938 kam ich zur Welt. Meine Eltern ahnten, dass ein Kind, das in so schwierige Zeiten hineingeboren wurde, robust und kräftig sein musste. Sie gaben mir den Namen »Ursula«, was übersetzt so viel wie »kleine Bärin« heißt. Während Vati voller düsterer Ahnungen die politische Entwicklung verfolgte, genoss Mutti ihr spätes Elternglück. Sie packte mich, sooft es nur ging, in den Kinderwagen und schob mich stolz durch die holperigen Straßen und Gassen der Kleinstadt Schwarzenbach, damit wirklich jeder sehen konnte, dass auch sie in der Lage war, ein zweites Kind zur Welt zu bringen. Nach meiner Geburt bezogen meine Eltern eine größere Wohnung, und ich verbrachte die ersten Kriegsjahre völlig unbekümmert und unberührt vom Krieg.

Erste Kindheitserinnerungen

Meine allerersten Kindheitserinnerungen waren von dem Wort »Krieg« bereits stark geprägt. »Mutti, was ist Schokolade?«, fragte ich beispielsweise. Dann erklärte Mutti mir, dass Schokolade süß sei, sehr gut schmecke und wenn der Krieg vorbei sei, würde sie mir eine ganze Tafel davon kaufen. Oder ich fragte: »Mutti, wie schmeckt Speiseeis?«, wenn in meinen Bilderbüchern Kinder abgebildet waren, die Eis aßen. Mutti erklärte mir, dass Eis sehr kalt sei, süß schmecke und wenn der Krieg vorbei sei, würde sie mir welches kaufen. Mutti erklärte mir auch, dass ein Kinderkarussell immer im Kreis fahre und dass ich nach dem Krieg Karussell fahren dürfe Eine wichtige Rolle spielten auch Lebensmittelkarten. Fast jeden Morgen, wenn Vati das Haus verlassen hatte, die Wohnung aufgeräumt war und der Herd der Wohnküche seine erste wohlige Wärme ausstrahlte, saß Mutti am Küchentisch, breitete die Lebensmittelkarten vor sich aus, rechnete, seufzte, rechnete wieder und ging dann einkaufen. Mutti war eine Meisterin im Einteilen. Nie passierte es, dass am Ende des Monats keine Lebensmittelkarten mehr da waren. »Vor dem Krieg«, erklärte mir Mutti einmal »da brauchte man überhaupt keine Lebensmittelkarten. Man ging in den Laden, kaufte ein und bezahlte einfach mit Geld.« »Nur mit Geld?«, fragte ich ungläubig. »Nur mit Geld«, antwortete Mutti. Vor meinen Augen entstand ein Schlaraffenland, in dem man nur für Geld Schokolade, Eis und Kuchen kaufen konnte. An unsere Wohnung erinnere ich mich noch ganz genau. Sie war für die damaligen Verhältnisse ausgesprochen weiträumig und elegant möbliert. Wir hatten ein Wohnzimmer, ein Herrenzimmer, in dem Vatis Schreibtisch stand, in dem er arbeitete und in dem er dienstliche Besuche empfing, denn er war in der Zwischenzeit Schulleiter geworden.

Außerdem hatten wir ein Kinderzimmer, ein Schlafzimmer, eine Wohnküche und ein Badezimmer. Später, als ich anfing, Freundinnen zu besuchen, merkte ich, dass ein Wohn- und ein Herrenzimmer keineswegs zur damals üblichen Standardwohnung zählten. Manche hatten nur eine Wohnküche und ein Schlafzimmer. Wenn ich Freundinnen mitbrachte, war ich außerordentlich stolz, wenn diese vorsichtig und ehrfürchtig mit dem Finger über die polierten Möbel fuhren. Zum Elternschlafzimmer muss ich jedoch sagen, dass es keinen Kaminanschluss hatte, und dass ich es eigentlich nur mit Stockflecken in den Zimmerecken und mit feuchten Stellen an den Wänden kannte. Dass wir, je weiter der Krieg fortschritt, trotz des eleganten Badezimmers immer öfter in einer Zinkbadewanne in der Küche badeten, lag daran, dass auch das Heizmaterial immer knapper wurde. In einer Zinkbadewanne in der Küche wurde man auch sauber und sparte Heizmaterial, weil man nicht erst das Badezimmer heizen musste. Die zunehmende Rationierung des Heizmaterials führte immer öfter dazu, dass wir die Wohnung nur im Sommer voll nutzen konnten. Im Winter bewohnten wir tagsüber die Wohnküche. Wenn es auf den Abend zuging, ließ Mutti das Feuer in der Küche ausgehen und heizte den großen, grünen Kachelofen im Wohnzimmer an. Die Abende verbrachten wir im gemütlichen Wohnzimmer, wo wir auch oft Besuch hatten.

Dass man mit Heizmaterial sparsam umgehen musste, das erfuhr ich schon sehr früh. Wenn ich vergaß, die Tür eines beheizten Zimmers zu schließen, dann hieß es sofort: »Tür zu! Der Kohlenklau stiehlt uns die Wärme.« Der Kohlenklau, eine Erfindung des Dritten Reiches, war ein kleines Teufelchen, das mit einem Sack auf dem Rücken herumschlich und überall da Kohlen stahl, wo in einem beheizten Zimmer eine Tür oder ein Fenster nicht fest verschlossen waren. Das erste Brettspiel, das ich in meinem Leben bekam, war deshalb nicht etwa »Halma«

oder »Mensch ärgere dich nicht!«, sondern ein Kohlenklauspiel. Man würfelte und musste dann lesen oder sich vorlesen lassen, was neben dem Feld stand. Man durfte etwa drei Felder nach vorn rücken, weil man ein Fenster geschlossen hatte, oder man musste fünf Felder zurückrutschen, wenn man vergessen hatte, die Tür zu schließen und man auf diese Weise dem Kohlenklau Gelegenheit gegeben hatte, Kohle zu klauen. Auch im Sprachgebrauch der Menschen war der Kohlenklau fest verankert. Wenn ein Mädchen etwa ein Kind bekommen hatte und nicht sagen konnte oder wollte, wer der Vater war, so lästerte der Volksmund: »Das Kind ist vom Kohlenklau.«

Dass man streng auf die Verdunkelung achten musste, das brachten mir meine Eltern von Anfang an bei. An jedem Fenster waren schwarze Rollen aus Stoff oder Papier angebracht. Diese musste man erst herunterlassen, bevor man im Zimmer das Licht andrehte. »Wenn man nicht auf die Verdunkelung achtet, wissen die feindlichen Flieger sofort, wo Häuser sind und werfen da ihre Bomben hin«, erklärte Mutti. Das leuchtete mir ein und ich achtete streng darauf, ein Zimmer erst sorgfältig zu verdunkeln, ehe ich das Licht anschaltete. Als mein Vater Blockleiter wurde, gehörte es zu seinen Aufgaben, nachts mit der Taschenlampe herumzugehen und die Verdunkelungen zu kontrollieren. Wenn er entdeckte, dass ein kleiner Lichtschein ins Freie fiel, klingelte er bei den betreffenden Nachbarn und machte sie auf die fehlerhafte Verdunkelung aufmerksam. Da auch keine Straßenbeleuchtung brennen durfte, blieb es nicht aus, dass sich in der Dunkelheit Passanten gegenseitig anrempelten. Am Anfang des Krieges konnte man noch Leuchtplaketten kaufen und sie an der Kleidung tragen. Später gab es keine mehr und die Menschen nahmen es mit Gelassenheit und Humor, wenn wieder zwei in der Dunkelheit zusammengeprallt waren. Eine große Bedeutung nahmen auch die sogenannten »Sondermeldungen« ein. Unser Radiogerät war fast immer leise eingeschaltet. Immer öfter wurde die laufende Sendung durch eine Sondermeldung unterbrochen. Vor jeder Sondermeldung wurde eine bestimmte Melodie gespielt und spätestens dann rief Mutti mir zu: »Lauf durchs Haus und sag den anderen Bescheid.« Daraufhin rannte ich los, klingelte an allen Türen und rief »Sondermeldung«, woraufhin die Nachbarn ihrerseits ihre Geräte andrehten. Oft wurde sogar ein Fenster geöffnet und »Sondermeldung« auf die Straße gerufen. Wer gerade auf der Straße war, klingelte dann bei jemandem, den er kannte, vielleicht auch nur flüchtig, und hörte dort die Sondermeldung an. Mein Bruder, neun Jahre älter als ich, klärte mich auf: »Wenn die Eingangsmelodie aufhört mit: »Panzer rollen in Afrika vor«, ist es eine Sondermeldung über Afrika. Wenn der Refrain heißt: »Bomben auf Engeland«, ist es eine Sondermeldung über England. Wenn der Refrain heißt: »Denn heute gehört uns Deutschland und morgen die ganze Welt«, kann die Sondermeldung von überall sein.« Leider sollte dieses Lied später einmal dazu führen, dass ich ganz ohne Schuld fürchterliche Prügel bezog. Aber das war viel später. Zuerst einmal konnte ich meine Klingelaktionen ergänzen. Ich rief jetzt: »Sondermeldung England« oder »Sondermeldung Afrika«, nur bei »denn heute gehört uns Deutschland und morgen die ganze Welt«, rief ich nur »Sondermeldung.« Wie tief sich diese Melodien bei mir einprägten, mag man daran sehen, dass ich später im Teenageralter, wenn ich über besonders heiklen Mathematikaufgaben brütete und mich langsam der Lösung näherte, leise vor mich hinsummte: »Es rasseln die Ketten, es brüllt der Motor, Panzer rollen in Afrika vor.« Mutti war oft entsetzt darüber, dass ich das Lied noch kannte.

Ab und zu sah ich Vati in seiner SA-Uniform. Er sah darin unglaublich schick aus und ich war neidisch auf Mutti, weil er ihr Mann war und ich ihn auch im Erwachsenenalter nicht heiraten durfte. Vati vermied es aber, wann immer es ging, die Uniform anzuziehen, was ihm später erheblichen Ärger einbringen sollte. Zu meinen ersten Kindheitserinnerungen gehörten auch die Fabriksirenen. Die Sirenen der drei großen Industriebetriebe bestimmten den Tagesablauf in der gesamten Stadt. Pünktlich um 12 Uhr mittags heulten sie los, Minuten später wimmelte es auf den Straßen von eiligen Menschen, die während der einstündigen Mittagspause nach Hause hasteten. Pünktlich um ein Uhr heulten die Sirenen wieder, dann waren die Straßen wie leergefegt. Um fünf Uhr abends »brummten« die Fabriksirenen abermals und wieder wimmelte es auf den Straßen von Menschen. Minuten später waren die Läden rammelvoll mit Frauen, die schnell noch etwas für das Abendessen kaufen wollten, und Mutti sah immer zu, dass sie nach dem abendlichen Heulton nicht mehr einkaufen musste. Dass das Arbeiten in der Fabrik nicht unbedingt erstrebenswert war, entnahm ich den Äußerungen von Fabrikarbeitern und Fabrikarbeiterinnen, die ihre Sprösslinge ermahnten, in der Schule fleißig zu lernen, weil sie dann Schneiderin, Ingenieur, Bäcker oder ähnliches werden könnten. Für den Fall, dass sie nicht fleißig lernten, müssten sie »laufen, wenn es brummt.« »Laufen, wenn es brummt«, wurde ab und zu auch als Beruf angegeben. Wenn ein Fabrikarbeiter nach seinem Beruf gefragt wurde, konnte es vorkommen, dass die Antwort lautete: »Ich lauf halt, wenn es brummt« Mit der Fortdauer des Krieges änderte sich allerdings auch das Straßenbild während der Mittagspausen der Industriebetriebe. Immer mehr Männer mussten »einrücken.« So nannte man es, wenn jemand zum Militär eingezogen wurde und weil man auch in Kriegszeiten nicht ganz ohne Textilien und Porzellan auskam, wurden Frauen »dienstverpflichtet.« Dienstverpflichtet wurden alle Frauen, die keine Kinder unter 6 Jahren mehr zu versorgen hatten. Statt der Männer mit Drillichanzügen waren es jetzt immer häufiger magere Frauen mit Kittelschürzen und Kopftüchern, die in der kurzen Mittagspause eilig vorbeiradelten, während die männlichen Arbeiter mehr und mehr aus dem Straßenbild verschwanden.

Auch die russischen Gefangenen gehörten fest zu meiner Kindheit. Während einer Hitleransprache hatte ich gehört, dass die Russen Ungeziefer seien, das die deutschen Soldaten mit ihren Militärstiefeln zertreten würden. Nun war ich mit meinen fünf Jahren nicht mehr so einfältig, dass ich mir unter den Russen tatsächlich Würmer oder Schnecken vorgestellt hätte, aber krumm, bucklig und schwachsinnig waren sie in meiner Vorstellung schon. Als ich hörte, dass russische Gefangene nach Schwarzenbach kommen sollten, war ich ausgesprochen gespannt, wie sie denn aussehen würden. Als ich sie endlich sah, war ich regelrecht enttäuscht. Es waren ganz normale junge Männer mit kurzen Militärhaarschnitten. Sie waren sauber gewaschen und rasiert und trugen saubere, olivfarbene Drillichanzüge. Hätte nicht jeder von ihnen eine Nummer auf dem Rücken gehabt, man hätte sie für normale, deutsche Arbeiter gehalten. Ihr Ernährungszustand, auch das sollte man nicht verschweigen, war auf keinen Fall schlechter als der der deutschen Bevölkerung. Sie galten als Schwerarbeiter, und bekamen die entsprechenden Lebensmittelkarten. Sie waren hochwillkommene männliche Arbeitskräfte in einer mehr und mehr männerlosen Gesellschaft und kein Mensch hatte ein Interesse daran, sie durch Nahrungsmittelentzug zu schwächen oder gar zu Tode zu bringen. Sie wohnten in Behelfsheimen am Martinlamitzer Bahnhof. Morgens wurden sie von Aufsehern in die Industriebetriebe geführt, abends wieder zurückgebracht. Sie marschierten im Gleichschritt und vermieden den Blickkontakt zur deutschen Bevölkerung. Ob sie es taten, weil man es ihnen so befohlen hatte, oder ob sie einfach die Deutschen nicht mochten, konnte man nicht so recht sagen. Mit der Zeit gehörten sie zum Stadtbild. Sie halfen mir, die ich die Uhr noch nicht kannte, mich zeitlich zu orientieren. »Komm heim, wenn die Russen heimgehen«, sagte Mutti oft. Wenn sich zwei Nachbarinnen »verquatscht« hatten, konnte es passieren, dass sie erschrocken riefen: »Oh Gott, so spät ist es schon, die Russen gehen schon heim. Ruhe kehrte im Städtchen ein, wenn die russischen Gefangenen an warmen Sommerabenden vor ihren Lagern saßen und heimatliche Lieder vortrugen. Sie sangen mehrstimmig, ihre Melodien waren melancholisch und die Stimmen wunderschön.

Je weiter der Krieg fortschritt, desto unzuverlässiger wurden die öffentlichen Verkehrsmittel. Busse gab es kaum noch, weil man sie an der Front brauchte und die Züge fuhren immer seltener und hatten häufig Verspätung. Deswegen kam es immer öfter vor, dass die jungen Lehrerinnen, die auswärts wohnten, sich Untermieterzimmer in Schwarzenbach nehmen mussten. Diese waren ungemütlich und so kam es, dass man sich abends bei uns in der Wohnung traf. Mutti kochte bei diesen Gelegenheiten riesige Kannen mit Pfefferminztee. Diese Zusammentreffen waren ausgesprochen gemütlich. An einem dieser Abende gegen Ende des Krieges wurde hinter vorgehaltener Hand gemunkelt, dass es Konzentrationslager geben solle, in denen Juden umgebracht würden. Keiner wusste so recht, ob es sich um Gerüchte oder um Tatsachen handelte. Aus eigener Erfahrung konnte man nicht viel dazu sagen. Die wenigen Juden Schwarzenbachs hatten Deutschland schon vor geraumer Zeit verlassen. Sie befanden sich im Ausland und schrieben regelmäßig, dass es ihnen gut gehe. Was hätte ich darum gegeben, bei diesen Abenden mit Besuch bis zum Schluss dabeisein zu dürfen. Aber so unauffällig ich mich auch verhielt, irgendwann bemerkte Mutti doch, dass ich noch da war, obwohl ich längst hätte schlafen sollen. Mit dem Schreckensschrei: »Das Kind ist noch da«, brachte sie mich schnell ins Bett.

Mein Bruder

Zu meinen ersten Kindheitserinnerungen gehört natürlich auch mein Bruder Otto. Ein geschwisterliches Verhältnis zu ihm konnte ich wegen des großen Altersunterschiedes nie entwickeln. Trotzdem haben wir uns auf unsere Art gut verstanden. Von Anfang an wurde er mir stets als leuchtendes Vorbild vor Augen geführt. Nie hatte er am Essen gemäkelt. Immer hatte er seinen Spinat gegessen. Tellerweise hatte er ihn geradezu in sich hineingeschaufelt. Mit strahlendem Gesicht hatte er auch die scheußlichste Medizin geschluckt. Nie hatte er mit Freudenhüpfern die Parterremieter genervt. Wenn Schlafenszeit war, war er freiwillig und gern zu Bett gegangen. Nie hatte er Widerworte gegeben. Kurzum: Verglichen mit ihm war ich das reinste Ekelpaket. Wenn mein Bruder das hörte, schmunzelte er vergnügt vor sich hin, zwinkerte seiner kleinen Schwester verschwörerisch zu und bemerkte nur von Zeit zu Zeit, dass er all diese Geschichten etwas anders in Erinnerung habe. Für diese Schützenhilfe war ich meinem Bruder dankbar und liebte ihn dafür. Wenn er Besorgungen zu machen hatte, nahm er mich oft mit, und der Stolz in seiner Stimme war unüberhörbar, wenn er mich mit den Worten: »Das ist meine Schwester«, vorstellte. Er genoss es sichtlich, wenn meine blauen Augen und meine blonden Locken bewundert wurden. Als mein Erinnerungsvermögen einsetzte, besuchte mein Bruder schon das Jungengymnasium in Hof. Das bedeutete, dass er wegen der Zugfahrt erst am frühen Nachmittag nach Hause kam. Liebevoll machte Mutti das Essen für ihn wieder warm, setzte sich neben ihn und hing förmlich an seinen Lippen, wenn er von seinem Vormittag in der Schule erzählte. Sie freute sich mit ihm, wenn er etwas Erfreuliches erlebt hatte und ärgerte sich mit ihm, wenn ihm Übles widerfahren war. Ich saß mit am Tisch und verhielt mich ruhig. Wenn der große Bruder von der Schule erzählte, hatte die kleine Schwester den Mund zu halten. Das sah ich ein und es erschien mir nur gerecht, da ich Mutti ja den ganzen Vormittag für mich gehabt hatte. Ruhe hatte auch einzukehren, wenn mein Bruder Schularbeiten machte. Auch das sah ich ein und auch deswegen gab es niemals Streit. An den Sonntagvormittagen hatte mein Bruder immer Appell. Den Appell für die Hitlerjugend und den Bund Deutscher Mädchen, kurz BDM genannt, hatte man bewusst in die Zeit des Kirchgangs gelegt, um die Jugendlichen von der Kirche fernzuhalten. Bevor mein Bruder zum Appell ging, wurde gewaschen und gekämmt, Schuhe wurden gewichst und es war immer sehr hektisch, bis er endlich geschniegelt und gestriegelt das Haus verlassen konnte. Auch während der Vorbereitungszeiten für den Appell verhielt ich mich ruhig. Wenn der große Bruder sich für den Appell zurechtmachte, durfte sich die kleine Schwester nicht mausig machen. Einige Male sah ich meinen Bruder mit der Hitlerjugend auf der Straße marschieren und platzte fast vor Stolz, wenn ich meinen Freundinnen sagen konnte: »Das ist mein großer Bruder.« Von Zeit zu Zeit wurde er zu Ernteeinsätzen abkommandiert. Einmal sollte er Hopfen pflücken. Auf der Liste der mitzubringenden Gegenstände stand auch ein Päckchen Pflaster. »Pflaster?«, fragte Mutti, »da kannst du gleich daheimbleiben. Pflaster gibt es seit Wochen nicht mehr.« Aber mein Bruder nahm mich an der Hand, ging mit mir in die Apotheke, legte dort einen Bezugsschein für ein Päckchen Pflaster vor und bekam anstandslos ein relativ großes Paket »Hansaplast« ausgehändigt. Mutti staunte nicht schlecht, als mein Bruder daheim das Pflaster präsentierte. »Ich hatte einen heißen Flirt mit der Apothekerin«, lachte er. Vom Bezugsschein sagten wir beide nichts und Mutti wurde fast an sich selber irre, weil es ihr auch in den nächsten Tagen nicht gelang, an Pflaster zu kommen.

Ein anderes Mal wurde mein Bruder abkommandiert zum Kartoffelkäfersammeln in Unterfranken. Als er wiederkam, brachte er eine Urkunde mit, die dem Gymnasiasten Otto Pöhlmann bestätigte, dass er 20000 Kartoffelkäfer, bzw. Kartoffelkäferlarven gefangen hatte. Stolz zeigte mein Bruder die Urkunde im Familien- und Freundeskreis herum. Ich wurde in diesem Augenblick richtig neidisch und nahm mir vor, bei passender Gelegenheit noch mehr Kartoffelkäfer zu fangen als mein Bruder. Bis dahin war es allerdings noch weit. Ich ging noch nicht einmal in die Schule. Eine außerordentlich wichtige Person dieser Zeit war der Briefträger. Vormittags und nachmittags kam er schwer beladen die Straße herauf. Weil beinahe jede Familie einen Angehörigen an der Front hatte, wartete man schon gespannt auf ihn. Kam er ins Haus? Ging er vorbei? Auf die Frage: »War »er« schon da?«, reagierte niemand mit der naheliegenden Gegenfrage: »Wer bitte ist »er«?« »Er« war damals einfach der Postbote. Mutti sorgte sich um ihre Brüder Otto und Heiner, die beide Soldaten waren. Onkel Heiner war bei der Musterung als tropentauglich eingestuft worden. Nun war er in Afrika stationiert, wo er gegen den Feind, die Hitze und Tropenkrankheiten kämpfte. Um ihn sorgte sich Mutti am meisten. Weil die Feldpost ihn in der Weite der nordafrikanischen Wüste nicht immer fand, kam die Post oft mit dem Vermerk »unzustellbar« zurück. Anschließend war Mutti bedrückt und wartete noch dringender als sonst auf Post von ihm.

Im Kindergarten

Als ich 5 Jahre alt war, meinten meine Eltern, dass es an der Zeit sei, mich in einen Kindergarten zu schicken. Zur Auswahl standen ein kirchlicher und ein nationalsozialistischer Kindergarten. Vati, den man schon seit geraumer Zeit unter Druck setzte, doch endlich aus der Kirche auszutreten, wollte die Sache nicht auf die Spitze treiben und so entschieden sich meine Eltern für den nationalsozialistischen Kindergarten. Dort gefiel es mir an sich ganz gut. Nur, dass meine Eltern darauf bestanden, mich morgens zu bringen und abends wieder abzuholen, das kratzte doch gewaltig an meiner Ehre, zumal ich den Weg im Schlaf kannte und die Straßen zur damaligen Zeit autofrei waren, weil alles, was Räder und einen Motor hatte, für den Krieg requiriert war. Das zweite, was mich störte, war der Mittagsschlaf. Nach dem Mittagessen wurden Liegen in den Turnraum gebracht und wir sollten schlafen. Während alle anderen Kinder spätestens nach 5 Minuten in einen Tiefschlaf verfielen, lag ich allein wach. Ich zählte die Liegen, ich zählte die Kinder, ich zählte bis 20 und wieder zurück, oder ich sah den Wolken zu, die in immer neuen Formationen am Himmel vorbeizogen. Die Kindergärtnerin, eine gläubige Christin, betete mit uns vor dem Essen das Tischgebet: »Komm Herr Jesus, sei unser Gast…«Aber dann erhielt sie deswegen eine Rüge, weil christliches Gedankengut in einem NSV Kindergarten nichts zu suchen habe. Daraufhin wurde das Tischgebet dadurch ersetzt, dass wir uns an den Händen fassten und den Spruch: »Stripp, strapp stroll, die Schüsseln sind voll. Mein Magen ist leer und brummt wie ein Bär. Gut Hunger!« aufsagten. Wer sich versprach und »Appetit« sagte, wurde gerügt. »Ein deutsches Kind spricht Deutsch.« Auch das Lied: »Weil ich Jesu Schäflein bin…« durfte nicht mehr gesungen werden. Da auch zu

Hause nicht gebetet wurde, wuchs ich als kleines Heidenkind auf, ein Nachteil, den ich spätestens im Luftschutzkeller mit allem Nachdruck bedauern sollte. Am Johannistag zündeten wir ein Johannisfeuer an. Eigentlich muss dieses natürlich in der Nacht brennen. Da dies aber allen Gesetzen der Verdunkelung widersprochen hätte, zündeten wir es am Nachmittag an, sangen Sonnwendlieder und zum Schluss bekam jeder ein Tütchen mit Sonnwendgebäck. Als ich später im Rheinland lebte und mit meinen Kindern zum Martinsfeuer ging, kam mir der Brauch so bekannt vor, und ich fragte mich, wer denn da von wem abgeguckt hatte. Die Germanen vom Hl. St. Martin? Der Hl. St. Martin von den Germanen? Weihnachten, ein christliches Fest, durfte im NSV-Kindergarten natürlich auch nicht gefeiert werden. Stattdessen kam an Weihnachten der Sonnwendmann zu uns. Er trug einen roten Mantel, eine rote Zipfelmütze und eine Stoffmaske vor dem Gesicht. Der Sonnwendmann erklärte uns, dass er so rot sei, weil er direkt von der Sonne käme. Er erzählte, dass die Sonne im Augenblick nicht so viel bei uns scheinen könne, weil sie damit beschäftigt sei, den Kindern auf der Südhalbkugel der Erde den Sommer zu bringen. Damit die Kinder auf der Nordhalbkugel aber nicht dächten, die Sonne habe sie ganz und gar vergessen, habe sie ihn, den Sonnwendmann geschickt, um den Kindern auf der Nordhalbkugel Grüße zu bestellen und Geschenke zu bringen. Anschließend rief er jedes Kind einzeln nach vorn, hielt ihm seine kleinen Sünden vor und übergab ihm anschließend ein Säckchen mit Sonnwendgebäck. Als ich an der Reihe war, fragte mich der Sonnwendmann, ob ich denn nach dem Essen immer brav schlafen würde. Na, da hatte der Sonnwendmann ja die Finger in eine Wunde gelegt! Wortreich beklagte ich mich bei ihm darüber, dass ich zu Hause so viel schlafen müsse. Ich erklärte dem Sonnwendmann, dass wir zu Hause nur ein geheiztes Zimmer hätten, und immer wenn meine Eltern Geheimnisse zu besprechen hätten, müsste ich schon um 6 Uhr zu Bett gehen und das sei natürlich viel zu früh. Und weil ich daheim so viel schlafen müsse, könne ich im Kindergarten nicht schon wieder schlafen und ob der Sonnwendmann nicht ein gutes Wort bei meinen Eltern einlegen könne, damit ich daheim nicht immer so viel schlafen müsse. Alle Erwachsenen im Raum brachen in ein schallendes Gelächter aus und auch der Sonnwendmann bekam hinter seiner Maske einen Lachanfall »Da muss ich wohl einmal mit deinen Eltern sprechen«, versprach der Sonnwendmann. Anschließend sagte er noch den Satz: »Du bist mir ja eine Marke.« Diesen Satz aber sagte nur mein Vater und in mir stieg der Verdacht auf, dass zwischen dem Sonnwendmann und meinem Vater doch eine außerordentlich enge Beziehung bestehen müsse. Schließlich bekam auch ich mein Säckchen mit Sonnwendgebäck und weil ich die Letzte auf des Sonnwendmanns Liste war, klang die Feier unter allgemeiner Heiterkeit aus.

Daheim kam nach alter fränkischer Sitte der Pelzmärtel. Dieser trug einen schwarzen Mantel und eine Pelzmütze. Er fragte mich, ob ich denn ein Weihnachtsgedicht aufsagen könne. Damit brachte er mich in Schwierigkeiten, denn im Kindergarten hatten wir nur Sonnwendgedichte gelernt. Mutti rettete die Situation und fragte den Pelzmärtel, ob es denn auch Sonnwendgedichte sein dürften. Der Pelzmärtel versicherte daraufhin, dass der Sonnwendmann ein sehr guter Freund von ihm sei und dass es selbstverständlich auch Sonnwendgedichte sein könnten. Während ich also vor dem Pelzmärtel stand und Gedichte aufsagte und Weihnachtslieder sang und wieder Gedichte aufsagte, kam mir die Gesichtsmaske des Pelzmärtels so vor, als hätte ich sie Tage vorher schon beim Sonnwendmann gesehen. Auch die Stimme des Pelzmärtels erinnerte mich sehr an die des Sonnwendmannes und beide Stimmen erinnerten mich irgendwie an die Stimme meines Vaters. In mir stieg der

Verdacht auf, dass Sonnwendmann und Pelzmärtel vielleicht identisch sein könnten mit meinem Vater. Ich hütete mich aber, meinen Verdacht zu äußern. Vielleicht hätte ich es dann mit dem Sonnwendmann oder mit dem Pelzmärtel oder mit beiden verdorben und bekäme im nächsten Jahr kein Sonnwendgebäck oder kein Weihnachtsgebäck mehr. Dieses Risiko wollte ich nicht eingehen. Nur der Osterhase durfte in den NSV-Kindergarten kommen, da er germanischen Ursprungs war und mit dem Christentum nichts zu tun hatte. Als es immer häufiger zu Fliegeralarm kam, beschlossen meine Eltern, mich nicht mehr in den Kindergarten zu schicken. Es war ihnen lieber, wenn ich in der Nähe des Hauses spielte und beim Heulen der Sirenen schnell im Luftschutzkeller verschwinden konnte.

Gedrückte Stimmung

Eines Nachts wurde ich wach, weil ich glaubte, Bewegung im Zimmer bemerkt zu haben. Ich hatte mich nicht getäuscht. Die Betten von Mutti und Vati waren leer. Sofort war ich hellwach und lauschte flitzebogengespannt an der Tür. Trotz größter Anstrengungen hörte ich absolut nichts. Vorsichtig öffnete ich die Tür einen schmalen Spalt. Was ich sah, ließ mir das Blut in den Adern gefrieren. Meine Eltern hatten eine Steppdecke über das Radiogerät geworfen und waren selbst mit den Oberkörpern unter die Decke geschlüpft. Ich konnte von ihnen nur die nackten Beine sehen. Unter der Steppdecke war ganz gedämpft die Stimme eines Nachrichtensprechers zu hören. Es bestand kein Zweifel: Meine Eltern hörten den Feindsender ab. Abhören von Feindsendern wurde mit dem Tode bestraft. Ich schloss die Tür vorsichtig wieder und schlich mich ins Bett. Mein Herz raste und meine Knie zitterten. Wie oft hatte ich davon gehört, dass Eltern, die den Feindsender abgehört hatten, hingerichtet wurden. Die Kinder solcher Eltern steckte man anschließend in ein Waisenhaus, wo sie sehr schlecht behandelt wurden. Lange wälzte ich mich schlaflos im Bett. Als ich endlich eindöste, sah ich im Traum Kolonnen von schwarzen SS-Männern im Gleichschritt die Treppe herauf- und hinuntermarschieren. Unsere einfache Holztreppe verwandelte sich im Traum in eine breite, hohe Steintreppe. Nachdem sie längere Zeit die Treppen hinauf- und hinuntermarschiert waren, nahmen die Männer Vati und Mutti mit und ließen mich weinend und schreiend allein in der Wohnung zurück. Dieser Traum quälte mich von nun an fast jede Nacht. Einige Male sah ich die grinsenden Gesichter der SS-Männer und konnte den Totenkopf auf ihren Helmen erkennen. Meist aber sah ich nur Stiefel, Hunderte von Stiefeln, die im Gleichschritt die Treppe hinauf- und hinabmarschierten. Sie nahmen immer meine Eltern mit und ließen mich verzweifelt und schreiend allein zurück. Meinen Eltern erzählte ich kein Sterbenswörtchen, weder davon, dass ich sie beim Abhören des Feindsenders ertappt hatte, noch davon, dass mich dieser fürchterliche Traum seitdem jede Nacht quälte. Meinen Eltern entging die Veränderung, die ich durchmachte, nicht. »Das Kind ist so blass«, sorgte sich Mutti, schob es auf die schlechte Ernährung und gab mir von ihrer ohnehin karg bemessenen Brotration noch ein Eckchen ab. »Das Kind ist so still«, stellte mein Vater fest. Es hüpft gar nicht mehr.« Tatsächlich blieben den Parterremietern für längere Zeit meine Freudenhüpfer erspart. Sie mussten nicht mehr mit dem Besenstiel gegen die Decke klopfen und lauthals um Ruhe bitten. Es dauerte Monate, bis dieser fürchterliche Alptraum seltener wurde und schließlich ganz verschwand.

Vati hatte seine eigenen Sorgen. Er hatte eine offizielle Aufforderung bekommen, sich beim Kreisleiter zu melden. Ein Grund war zwar nicht angegeben, aber ein richtig gutes Gewissen hatte Vati sowieso nie. Eine unbedachte Bemerkung im Kollegenkreis? Eine Vernachlässigung seiner Blockleiterpflichten? Als der Meldetermin gekommen war, machte Vati sich fein, soweit man sich damals überhaupt fein machen konnte. Er zog sein einziges weißes Hemd an, das Mutti extra gewaschen und gebügelt hatte und seinen »besten Anzug.« Der beste Anzug war allerdings schon etwas abgewetzt. Hosenboden und Ärmel glänzten. Nervös verließ Vati das Haus, um sich beim Kreisleiter zu melden. Mutti und ich warteten bedrückt auf Vatis Rückkehr. Endlich drehte sich der Schlüssel im Schloss. »Und«, fragte Mutti aufgeregt, »was wollte er?« Vatis Kinn zitterte, was bei ihm immer auf eine große Erregung schließen ließ. Da nur die Wohnküche geheizt und alle anderen Zimmer eiskalt waren, konnte Vati mich nicht aus dem Zimmer schicken. Ich begriff, dass ich unerwünscht war und spielte mein »Ich-bin-gar-nicht-da-Spiel.« Das ging so: In die äußerste Sofaecke setzen, die Beine anziehen, das allergrößte Bilderbuch vor das Gesicht halten und so tun, als würde man sich so intensiv dem Bilderbuch zuwenden, dass man beim besten Willen nichts anderes hören und sehen konnte. Diesen Trick habe ich während meiner Kinderzeit oft und sehr erfolgreich angewandt, wobei mir die immer strenger werdende Rationierung des Heizmaterials natürlich sehr entgegenkam. Der Trick funktionierte auch diesmal. Vati berichtete Mutti im Flüsterton, dass der Kreisleiter höchst ungehalten war, ja sogar laut geworden sei. Gründe des Ärgernisses waren einmal, dass Vati bei offiziellen Schulfeiern im Zivilanzug aufgetreten war und nicht in der SA-Uniform. Außerdem wurde beanstandet, dass er trotz mehrfacher Aufforderung noch immer nicht aus der Kirche ausgetreten war. »Von einem Mann in Ihrer beruflichen Position muss ich erwarten, dass er mit seiner Gesinnung voll und ganz auf dem Boden des nationalsozialistischen Gedankengutes steht«, hatte der Kreisleiter gebrüllt. »Sonst....« Vati wusste, was »sonst...«

hieß. Er konnte seinen Schulleiterposten verlieren, er konnte seinen Beruf verlieren. Er konnte im schlimmsten Fall auch in ein Konzentrationslager kommen. Dass neben Juden, Sozialdemokraten und Kommunisten auch bekennende Christen in Konzentrationslagern einsaßen, wusste damals kaum jemand. Die im Flüsterton geführte Unterhaltung meiner Eltern kam zu folgendem Ergebnis: Vati würde künftig bei Schulfeiern die Uniform tragen, den Kirchenaustritt würde er noch etwas verschieben. Sollte man ihm weitere Konsequenzen androhen, so würde er schweren Herzens auch diesen Schritt tun. So groß war die Angst meiner Eltern vor dem »sonst…«

Mutti hatte ebenfalls ihre Sorgen. Eines Abends klingelte es Sturm an unserer Wohnungstür. Frau Lehmann, die Betreiberin des kleinen Milchgeschäftes, in dem Mutti immer ihre Milch holte, stand völlig aufgelöst vor der Tür. »Frau Pöhlmann, Frau Pöhlmann«, rief sie: »Der Munitionsdampfer, auf dem Heiner und Karl waren, ist von einer Bombe getroffen worden und explodiert. Es soll kaum Überlebende geben.« Karl war Frau Lehmanns Sohn. Die vor Aufregung zitternde Frau erzählte die Einzelheiten, soweit sie ihr bekannt waren. Es begann eine qualvolle Zeit des Wartens. Der Postbote wurde zur wichtigsten Person in Muttis Leben. Sie stand vormittags schon am Fenster und verschob wichtige Einkäufe, wenn er sich verspätete. Sie stand nachmittags am Fenster und wartete und weinte, wenn wieder keine Post von Onkel Heiner dabei war. Nach tagelangem, quälenden Warten kam das erlösende Schriftstück doch noch. Es war eine ganz einfache, aber schicksalsschwere Postkarte, auf der Onkel Heiner schrieb, dass es ihm gut gehe. Er war acht Stunden lang im Mittelmeer geschwommen, bis ein Rettungsboot ihn aufnahm. Zur Zeit erhole er sich in einem Heim auf Sizilien. Mutti war glücklich und weinte ein paar Freudentränen. Ihr erster Impuls war, ins Milchgeschäft zu laufen, um die freudige Nachricht zu verkünden. Aber dann stoppte sie. »Wenn Frau Lehmann nun keine Post hatte?« In den nächsten Tagen machte Mutti einen großen Bogen ums Milchgeschäft und schickte mich zum Einkaufen. Aber Mutti konnte das Milchgeschäft nicht ewig meiden. So suchte sie sich einen Augenblick heraus, in dem der Laden richtig voll war, in der Hoffnung, dass Frau Lehmann dann nicht fragen würde. Aber Frau Lehmann fragte doch. »Post?«, fragte sie Mutti ohne Rücksicht auf den vollen Laden. Mutti nickte leise, fast schuldbewusst. »Wir auch«, erwiderte Frau Lehmann. Die beiden Frauen weinten unbemerkt von den anderen Menschen im Laden ein paar Freudentränen. Anschließend ging der Alltag weiter. Frau Lehmann verkaufte Milch und Mutti versuchte, an Lebensmittel für den nächsten Tag zu gelangen, ein Geschäft, das immer mühseliger wurde. Längst reichten Lebensmittelkarten allein nicht mehr aus. Man musste auch ein Geschäft finden, in dem die Lebensmittel vorhanden waren, sich in die Schlange einreihen und hoffen, dass auch dann noch was da war, wenn man endlich an der Reihe war.

Ein schwerer Schicksalsschlag

Am Anfang des Jahres 1943 kam mein Bruder mit der Nachricht nach Hause, er sei als Flakhelfer eingezogen worden. Er solle die Munitionsfabrik »Kugelfischer« in Schweinfurt vor feindlichen Fliegern schützen. »Was ist los?«, brüllte mein Vater, als er davon hörte. »Hat der Verbrecher keine Männer, um seine Fabriken zu schützen? Muss er jetzt Kinder dafür nehmen?« Immer öfter sagte Vati jetzt »der Verbrecher«, wenn er Hitler meinte. In den nächsten Tagen versuchte mein Vater noch, das Unheil abzuwenden, aber es war nichts zu machen. Allenthalben wurde ihm versichert, es handle sich um eine den Jugendlichen angemessene Tätigkeit, die völlig ungefährlich sei. Schließlich kam der Tag der Abreise. Mutti hatte gewaschen und gebügelt. Nun stand mein Bruder reisefertig da. Schick sah er aus in seiner grauen Felduniform.und dem schräg aufgesetzten Käppi. Trotz seiner 15 Jahre war er bereits 1,80 m groß. Er, für den ich wegen des großen Altersunterschiedes nie geschwisterliche Gefühle entwickeln konnte, war mir nun durch die Uniform, die ihm eine gewisse Würde verlieh, noch weiter entrückt. Mutti und ich brachten ihn zur Bahn. An der Holzschranke, die die Reisenden von den Begleitpersonen trennte, nahmen wir Abschied. Ich winkte mit einem weißen Taschentuch, bis der Zug um die Kurve fuhr und mein Bruder unseren Blicken entzogen war. Vier Wochen später hatte er seinen ersten Urlaub. Er schenkte mir ein kunstvoll mit blauen Perlen besticktes Täschchen, auf das mit roten Perlen meine Initialen aufgestickt waren. »Wo hast du das denn her?«, fragte Mutti. »So etwas kann man doch nicht kaufen!« Mein Bruder wurde feuerrot und antwortete zögernd: »Von einem Mädchen.« »Ah, so ist das also«, spöttelte Vati. »Der Herr Flakhelfer hat eine Freundin!« Mutti wollte gleich alles über die Freundin wissen, wie sie aussähe, ob er ein Foto von ihr habe, wie alt sie sei, ob sie noch zur Schule gehe. Aber mein Bruder verweigerte jede Auskunft zu diesem Thema. Als ich am nächsten Tag ins Badezimmer kam, stellte ich fest, dass er gerade dabei war, sich den ersten zarten Flaum von der Oberlippe zu rasieren. Neugierig fragte ich: »Seit wann musst du dich denn rasieren?« Er, der sonst sehr geduldig war, fuhr mich an: »Musst du auch überall neugierig herumstehen?« Daraus schloss ich, dass der erste Flaum auf der Oberlippe etwas Besonderes sein müsse. Ich wollte meinen Bruder nicht reizen und machte mich schnell dünn. Was es mit dem ersten Oberlippenflaum auf sich hatte, das wollte ich bei Gelegenheit schon herausbekommen.

Als der nächste Urlaub meines Bruders fällig war und Mutti schon damit begann, Lebensmittelkarten für den Begrüßungskuchen zurückzulegen, da schrieb mein Bruder, dass man ihm den Urlaub gesperrt habe, weil sein Spind nicht aufgeräumt gewesen war. So aufgebracht wie bei dieser Nachricht habe ich meinen Vater selten gesehen. »Der Verbrecher«, brüllte er immer wieder, »der Verbrecher, Kinder zieht er als Soldaten ein und dann streicht er ihnen den Urlaub wegen eines lächerlichen, albernen Spindes.« Mutti buk den Kuchen, der für die Begrüßung vorgesehen war, trotzdem, packte ihn in ein Päckchen und schrieb meinem Bruder, er solle nicht traurig sein. Der nächste Urlaub wäre dann umso schöner. Diesen nächsten Urlaub sollte es nie geben. Ich wollte meinem Bruder auch etwas schenken. Ich malte ihm ein Bild und weil ich noch nicht schreiben konnte, schrieb Mutti für mich: »Für Otto in Liebe von Bärchen«, das war mein Kosename.

Einige Tage später klingelte ein Angestellter der Stadt an der Tür, druckste herum, fragte, ob er hereinkommen dürfe, blieb aber doch im Flur stehen, druckste wieder herum und rückte dann stockend und stammelnd mit der furchtbaren Nachricht heraus: »Die Flak in Schweinfurt ist bombardiert worden. Es hat Tote gegeben und unter den Toten.... sie verstehen.« Meine Eltern hatten verstanden. Sogar ich hatte verstanden. Der Angestellte der Stadt drückte meinen Eltern stumm die Hand. Danach hatte er es sehr eilig wegzukommen. Wortlos setzten wir uns an den Tisch. Niemand weinte eine Träne. Mutti sagte in regelmäßigen Abständen: »Mein guter Bub!« Vati saß mit verkniffenen Lippen da und preßte immer wieder hervor: »Der Verbrecher!« Ich sagte gar nichts. Der Wasserhahn tropfte, die Uhr tickte, die Küche wurde kalt, weil niemand daran gedacht hatte, Kohlen nachzulegen. Gegen Abend kamen ein paar Bekannte vorbei, die von dem schrecklichen Unglück gehört hatten. Sie drückten meinen Eltern stumm die Hand, blieben eine Weile bei uns sitzen und gingen wieder. Keiner versuchte, ein Wort des Trostes zu finden. Es gab keines. Was soll man

Eltern sagen, die ihren 15-jährigen Sohn verloren haben, weil ein Wahnsinniger ein Volk in einen völlig unsinnigen Krieg hetzte? Gegen Abend ging ich erstmals im Leben ohne Aufforderung ins Bett, nachdem ich das angebotene Margarinebrot verschmäht hatte. Erst im Bett konnte ich weinen. Meine Eltern brauchten Tage, bis sie überhaupt weinen konnten. Von diesem Schicksalsschlag sollten sie sich niemals wieder erholen. Als das Rote Kreuz uns später die Habseligkeiten meines Bruders überbrachte, war auch das Bild dabei, das ich meinem Bruder im letzten Päckchen geschickt hatte. Auf der Rückseite waren Spuren von Klebstoff. Mein Bruder hatte es in seinem Spind verwahrt.

Am nächsten Tag lagen drei amtliche Schreiben in der Post. Das erste enthielt die Mitteilung, dass die Lebensmittelkarte des Gymnasiasten Otto Pöhlmann »wegen Todes« eingezogen worden sei. Vatis Lippen wurden noch einen Grad schmaler, als sie ohnehin schon waren. Wortlos legte er das Schreiben beiseite. Das zweite Schreiben war eine Anfrage irgendeines Schatzmeisters, ob meine Eltern bereit seien, die Überführungskosten zu übernehmen. Meine Eltern waren bereit. Das dritte Schreiben war ein Kondolenzbrief des Kreisleiters, in dem er vorschlug, von einem militärischen Begräbnis abzusehen, da mein Bruder ja doch kein »richtiger« Soldat gewesen sei. Meine Eltern waren dagegen. »Das würde den Verbrechern passen«, schimpfte Vati. »Erst ziehen sie Kinder zum Militär ein und dann ist es ihnen peinlich, einen 15-jährigen Soldaten mit militärischen Ehren zu begraben.«

Die nächsten Tage brachten viele Behördengänge für meine Eltern mit sich und damit ich nicht überall im Weg stand und neugierige Fragen stellte, brachten sie mich in den Kindergarten. Dort waren alle sehr nett zu mir. Die Kindergärtnerinnen streichelten mir über den Kopf und die Köchin holte mich in die Küche, wo ich eine Schüssel, in der vorher Kuchenteig gewesen war, auslecken durfte. Auch am Begräbnistag brachten mich meine Eltern in den Kindergarten, der im Schloss untergebracht war. Als das Begräbnis begann, holte mich die Kindergärtnerin ans Fenster. Aufgewachsen im Deutschland der Hitlerzeit hatte ich schon einiges an pompösen Aufmärschen und Feiern erlebt. Aber ein Spektakel wie dieses, das sich mir in der nächsten halben Stunde bot, das hatte ich vorher noch nie gesehen. Vorneweg marschierten Fahnenträger.

Dahinter kam eine Musikkapelle. Von den Instrumenten waren aber nur die Trommeln im Einsatz. Eine Trommel gab den Marschrhythmus vor, während die anderen einen Trommelwirbel erzeugten, der nur ganz fein zu hören war, aber nie unterbrochen wurde und eine unheimliche Stimmung erzeugte. Hinter der Kapelle marschierten SA-Männer. Der Gleichschritt der SA-Stiefel übertönte den Trommelwirbel, was den Zug fast gespenstisch erscheinen ließ. Hinter den SA-Männern entdeckte ich meine Eltern. Ich machte mich am Fenster bemerkbar und rief und winkte. Meine Eltern sahen kurz zu mir her, anschließend wandten sie den Blick ab und gingen weiter. Hinter meinen Eltern marschierten Hunderte von Hitlerjungen. Die Hitlerjugend der gesamten Stadt und das gesamte Jungengymnasium von Hof hatte man mit Bussen und Bahnen zusammengeholt. Hinter den Hitlerjungen liefen kleinere Jungen mit kurzen Hosen und weißen Kniestrümpfen. Ich glaube, man nannte sie »Pimpfe«. Hunderte von Kinderbeinen in weißen Kniestrümpfen bewegten sich im Gleichschritt vorbei. Wegen des jugendlichen Alters meines Bruders hielt der Kreisleiter selbst die Grabrede. Er sprach davon, dass hier ein junger Mensch in beispielhafter Weise sein junges Leben für sein Vaterland hingegeben habe. Am Abend nach der Beerdigung konnten meine Eltern zum ersten Mal weinen. Viel später sagten sie mir, dass das strahlende Kind am Fenster des Kindergartens, das die Tragik des Geschehens noch nicht voll

34

erfasst hatte, einer der schlimmsten Augenblicke dieser Tage war.

Flüchtlinge

Eines Morgens hörte ich, dass über Nacht 500 Flüchtlinge aus Hamburg angekommen seien. Eine Neuigkeit? Da durfte ich nicht fehlen. Schnell rannte ich zum Bahnhof. Tatsächlich! Der gesamte Bahnhofsvorplatz war voller Menschen. Sie saßen auf Koffern und Klappstühlen und Frauen vom Roten Kreuz verteilten Tee und Brote. Es waren Menschen, die bei der Bombardierung von Hamburg ihre Wohnungen verloren hatten. Man hatte sie in den Zug gesetzt, um sie in Städte zu bringen, die weniger zerstört waren. Tatsächlich war Schwarzenbach bisher kaum bombardiert worden. Textil- und Porzellanindustrie waren »nicht kriegswichtig.« Das einzige, was an Schwarzenbach für die feindlichen Bomber interessant war, waren die beiden Bahnlinien und so hatten die wenigen Bomben, die das Städtchen abbekommen hatte, auch den Bahnlinien gegolten. Vorsichtig näherte ich mich den Flüchtlingen, die durchwegs aus Hamburg kamen. Sie unterhielten sich in einer Sprache, die dem Hochdeutschen sehr nahe kam und unglaublich vornehm, gebildet und weltgewandt klang. Dann besah ich mir die Fremden näher. Sie waren fast allesamt hochgewachsen, sehr schlank und bewegten sich mit einer unglaublichen Grazie und Eleganz. Einige Mädchen, die etwa in meinem Alter waren, liefen in meiner Nähe herum. »Wie die Elfen in meinen Märchenbüchern«, dachte ich staunend. Beim weiteren Hinsehen bemerkte ich, dass die Menschen auch besser gekleidet waren als ich. Plötzlich wurde mir mein schäbiges Äußeres bewußt. Die braunen Wollstrümpfe waren im Kniebereich häufig gestopft, mein Sommerkleidchen war verwaschen und das zu kleine Strickjäckchen an vielen Stellen geflickt. Von einer Minute zur anderen kam ich mir bäuerlich, einfältig, linkisch, plump und unbeholfen vor.

Während ich in tiefe Gedankengänge versunken war, herrschte auf dem Bahnhofsvorplatz rege Geschäftigkeit. Immer wieder fuhren Pferdefuhrwerke vor, Namen wurden verlesen und Menschen samt Gepäck auf die Fuhrwerke verfrachtet. Gegen Mittag war der Bahnhofsvorplatz leer. Man muss es den Beamten, die für die Unterbringung der Flüchtlinge zuständig waren, lassen. Organisieren konnten sie. Nachdenklich machte ich mich auf den Heimweg. Zuhause erwartete mich eine Überraschung. Die Möbel unseres Wohnzimmers waren auseinandergenommen worden und standen jetzt im Treppenhaus. Unser ehemaliges Wohnzimmer mit dem gemütlichen, grünen Kachelofen war leergeräumt. Helfer des Roten Kreuzes stellten Behelfsbetten auf. Ich hatte gerade noch Gelegenheit, einen wehmütigen Blick auf den grünen Kachelofen zu werfen, der für mich Sinnbild für Häuslichkeit und Gemütlichkeit gewesen war, anschließend schlossen sich die Türen des Zimmers für immer. Dieses Zimmer sollten wir auch später nie wiederbekommen. Traurig fragte ich Mutti: »Mutti, warum haben wir jetzt kein Wohnzimmer mehr?« Mutti erklärte es mir. »Weißt du«, sagte sie, »ein Volk ist eine Schicksalsgemeinschaft, und wenn einer gar keine Wohnung mehr hat, dann müssen eben die, die noch eine haben, einen Teil davon abgeben.« Das verstand ich. Trotzdem war es schade um den schönen grünen Kachelofen. Eine weitere Frage beschäftigte mich: »Mutti, warum sind die Hamburger so viel größer und blonder als wir?« Diesmal musste Mutti etwas nachdenken. »Das ist so«, erklärte sie, »je weiter man nach Norden kommt, desto größer und blonder werden die Menschen. Je weiter man in den Süden kommt, desto kleiner und dunkelhaariger werden sie. Und so ist es ja auch richtig. Wenn die Spanier und die Italiener so blond wären wie die Menschen in Norwegen oder Schweden, hätten sie ja immerzu Sonnenbrand. Das verstand ich.

Die Flüchtlingswelle aus Hamburg blieb nicht die einzige. Es gab eine weitere aus Berlin, der unser Herrenzimmer zum Opfer fiel und eine aus Schlesien, für die wir das Kinderzimmer räumen mussten. So blieben von unserer schönen, großräumigen Wohnung nur noch die Wohnküche und das Elternschlafzimmer übrig.

Die Flüchtlingswelle aus Berlin brachte mich in einen Konflikt. War der Berliner Dialekt der vornehmere oder der aus Hamburg? Vorsichtshalber übte ich beide Dialekte ein. Bald konnte ich auch größere Gesellschaften dazu bringen, dass sie Tränen lachten, wenn ich eine feine Berlinerin oder eine vornehme Hamburgerin nachahmte. Große Heiterkeitserfolge konnte ich auch erzielen, wenn ich Gespräche zwischen Einheimischen und Fremden nachahmte.

Beispiel: Mädchen aus Franken kommt in die Apotheke und verlangt: »E Pflasde ohna Mull« (Ein Pflaster ohne Mull). Apothekerin aus Berlin: »Wie heißt das Pflaster? Ohnamull?« Fränkisches Mädchen: »Naa, e Pflasde ohna Mull.« Berlinerin versteht: »Ach, ein Pflaster ohne Mull? Kindaa, Kindaa, eine Spchache habt iaa.« Mit einigen der Flüchtlingsmädchen freundete ich mich auch an. Sie kamen in unsere durch das Notprogramm auf Wohnküche und Schlafzimmer geschrumpfte Wohnung und fragten enttäuscht: »Hast du denn kein Kindazimma?« Oder sie fragten: »Hast du denn kein Kindamedchen?« Die Sache mit dem fehlenden Kinderzimmer konnte ich erklären. Ich hatte eines gehabt, aber nun wohnten Flüchtlinge darin. Mehr Schwierigkeiten machte mir die Sache mit dem Kindermädchen. Streng genommen wusste ich gar nicht, was ein Kindermädchen war und wozu man es brauchte. In Franken wurden die Kinder von ihren Müttern erzogen und wenn diese mal verhindert waren, sprangen Nachbarinnen oder Tanten ein. »Später bekomme ich ein Kindermädchen«, wich ich vorsichtig aus. Insgeheim nahm ich mir fest vor, später ein ganz vornehmes Kind zu werden. Dazu brauchte ich ein Kinderzimmer, ein Kindermädchen und ich musste Berliner Dialekt sprechen. Den Berliner Dialekt beherrschte ich schon. Kinderzimmer und Kindermädchen fehlten noch. Als ich zwölf war und das Wohnungsnotprogramm gelockert wurde, bekam ich wieder ein eigenes Zimmer. Auf das Kindermädchen und den Berliner Dialekt konnte ich zu diesem Zeitpunkt recht gut verzichten.

Nach den Flüchtlingswellen aus Berlin und Hamburg wurde Vati mit Anträgen überschwemmt, in denen Flüchtlingseltern beantragten, dass ihre Kinder eine Klasse überspringen dürften. Vati prüfte die Anträge sorgfältig und wies die meisten von ihnen ab. Eines Tages kam ein hochgewachsenes, schlankes, elegantes Ehepaar aus Berlin in unsere schäbige Kriegswohnküche, dessen Antrag, die Kinder überspringen zu lassen, von Vati abgelehnt worden war. Da Familienangehörige bei Dienstgesprächen nicht vorgesehen waren, die beengten Wohnverhältnisse aber keine andere Möglichkeit zuließen, besann ich mich wie so oft in dieser Zeit auf mein »Bin-gar-nicht-da-Spiel.« Rein in die Sofaecke, Beine anziehen, riesiges Bilderbuch vors Gesicht! Vati erklärte dem vornehmen Ehepaar, dass er mit den Klassenlehrerinnen gesprochen habe, dass die Leistungen der Kinder zwar leicht über dem Durchschnitt lägen, dass aber zur Zeit alle Voraussetzungen zum Überspringen einer Klasse fehlten. Der vornehme Herr aus Berlin verlor seine vornehme Zurückhaltung. »Da sollen also meine Kinder«, er betonte »meine Kinder…mit diesen…Provinztrampeln, diesen……… …. Dorfidioten, diesen…..Kleinstadtprimaten, diesen…diesen… in eine Klasse gehen?« Seine Frau ergänzte: »Hia gibts keine intelligenten Kinda.« Jedes dieser Schimpfwörter hatte mir in meiner Sofaecke einen gehörigen Schlag versetzt. Was ich seit

Monaten dumpf geahnt und gefühlt hatte, dieser vornehme Herr hatte es ausgesprochen: »Ich war ein Dorfidiot, ein Provinztrampel und ein Kleinstadtprimat.« Vati blieb gelassen. »Warten Sie es doch erst mal ab«, beruhigte er. »Die Kinder haben Bombennächte und Unterrichtsausfall hinter sich. Sie müssen sich in einer völlig neuen Umgebung zurechtfinden. Lassen Sie den Kindern doch einfach noch Zeit. Außerdem kann es ja sein, dass mein Nachfolger die Sache nicht so eng sieht.« Das Berliner Ehepaar spitzte die Ohren. »Nachfolger?« Vati formulierte sehr vorsichtig: »Es könnten eventuell Umstände eintreten, politischer Art vielleicht, die einen Wechsel in der Schulleitung nötig machen könnten.« »Wechsel in der Schulleitung?« Das Ehepaar aus Berlin war nicht nur überaus vornehm, es begriff auch sehr rasch Es verabschiedete sich förmlich und schnell, nicht ohne einen riesigen Schwall allerfeinster, allervornehmster Großstadtluft in unserer ärmlichen Kriegswohnküche zurückzulassen.

Für mich war die Sache noch nicht zu Ende. Was ein Trampel war, wusste ich. Auch unter einem Idioten konnte ich mir etwas vorstellen. Was aber war ein Primat? Die Sache beschäftigte mich. Wenn ich schon ein Primat war, dann wollte ich auch wissen, was das war. Am nächsten Tag fragte ich Mutti danach. Sie hörte nur halb hin, weil sie mit etwas Wichtigem beschäftigt war. »Ein Primat ist ein Affe«, bemerkte sie beiläufig. »Und was ist ein »Kleinstadtpimat?«, wollte ich wissen. Mutti war mit ihren Gedanken noch immer nicht bei der Sache. »Primaten sind Menschenaffen«, antwortete sie unwirsch. »Man findet sie im Urwald oder im Zoo. Einen Zoo haben nur Großstädte. In Kleinstädten gibt es überhaupt keine Primaten.« Die Antwort befriedigte mich nicht so recht. Andererseits wollte ich Mutti auch nicht länger nerven. Die vollständige Antwort erhielt ich ein paar Tage später. Als ich mich über irgendetwas riesig freute und meinem überschäumenden Lebensgefühl mit ein paar Freudensprüngen Ausdruck verlieh, da schimpfte Vati: »Schluss jetzt mit dem Primatengehampel.« Da wusste ich, dass Mutti mir nicht die Wahrheit gesagt hatte. Ich war ein Trampel, ein Idiot und ein Primat war ich außerdem.

Die Flüchtlingswellen spülten aber nicht nur Hamburger oder Berliner in unser fränkisches Städtchen. Auch Auslandsdeutsche wurden »heimgeholt ins Reich.« Einige von ihnen kamen aus dem Banat. Woher die anderen kamen, weiß ich nicht mehr. Diese Menschen, die die deutsche Sprache nur mangelhaft beherrschten, mussten betreut werden. Zum Betreuer wurde mein Vater ernannt. An unserer Tür wurde ein Schild montiert: »Betreuungsstelle für Auslandsdeutsche.« Mitgenommen wirkende Menschen klingelten von nun an an unserer Tür. Die Frauen trugen Kopftücher und knöchellange Röcke, die Männer Bauerntrachten, wie ich sie vorher nie gesehen hatte. Vati half, wie und wo er konnte. Allerdings stellten sich oft ungeahnte Probleme in den Weg. Wenn Vati zum Beispiel irgendeinen Antrag stellen wollte, fragte er: »Sie heißen?« Wenn er den Namen nicht richtig verstanden hatte, fragte er nach: »Können Sie mir das buchstabieren?« Oft kam es vor, dass die Auslandsdeutschen antworteten: »Buchstaben? Nein, die können wir nicht. Lesen und Schreiben das gab es bei uns nicht.« Wenn Vati fragte: »Gab es denn keine deutsche Schule?«, antworteten die Auslandsleutschen: »Schul gabs schon, aber unsere Leut haben uns halt brauchen auf dem Feld und im Stall.« Vati notierte daraufhin sorgfältig: »Name nur phonetisch richtig. Schreibweise kann auch anders sein.« Wenn Vati nach dem Geburtsdatum fragte, kam es vor, dass die Auslanddeutschen antworteten: »Des woiß i net, des ham mir meine Leut net gsagt.« Vati bohrte weiter: »Wann feiern Sie denn ihren Geburtstag?«, und die Auslandsdeutschen erwiderten: »Geburtstag? Na, so was gabs bei uns nicht.« Vati gab so schnell nicht auf: »Sie wissen aber doch, wie alt Sie sind?« Auf diese Frage antworteten die Auslandsdeutschen: »Wie alt? Des woiß ich net, des ham mir meine Leut nicht gsagt.« Vati notierte sorgfältig: »Geburtsdatum unbekannt.« Ich hatte richtig Mitleid mit diesen eigenartigen Menschen. Dass ein Erwachsener nicht lesen und schreiben konnte, war schon schlimm genug. Dass er aber seinen Geburtstag nicht feiern konnte, weil die Eltern ihm nie gesagt hatten, wann er geboren war, das erregte mein allertiefstes Mitleid, denn der Geburtstag war in meinem Leben nach Weihnachten das wichtigste Fest. Viele dieser Auslandsdeutschen suchten ihre Angehörigen und Vati wurde nicht müde, immer wieder Suchmeldungen an das Rote Kreuz zu schreiben.

Gegen Ende des Krieges tauchten Frauen und Mädchen mit kahlgeschorenen Köpfen in der Stadt auf. Sie erzählten, dass die Tschechen allen Frauen und Mädchen, die sie hätten erwischen können, die Köpfe rasiert hätten. Ich erzählte es Mutti, aber sie wiegelte ab: »Weißt du«, erklärte sie, wenn so viele Menschen in einem Lager zusammenleben, dann ist es einfach hygienischer, wenn sie keine Haare haben. Auf diese Weise können sich die Läuse nicht verbreiten.« Ich aber zweifelte an Muttis Worten und glaubte den Mädchen mit den kahlen Köpfen, dass ihnen die Tschechen aus purer Bosheit die Köpfe rasiert hätten.

Das Schicksal einer Mitschülerin bewegte mich tief. Sie saß bei uns in der Klasse, war nicht dumm, war nicht gescheit, fiel in keiner Weise auf und wohnte im Kinderheim Marienberg, das damals noch Rettungshaus hieß. Eines Tages stand ich gelangweilt am Bahnhof herum und studierte die Suchmeldungen des Roten Kreuzes. Da sah ich ihr Bild. Ich las, was neben dem Bild stand: Name: unbekannt, Vorname: unbekannt, vielleicht Annika oder Anita. Geburtsdatum: unbekannt, vielleicht Frühling oder Sommer 1938. Gefunden: Es fogte eine detaillierte Angabe darüber, wann und wo das Mädchen gefunden worden war. »Sie hat also keine Eltern mehr«, dachte ich. »Oder sie hat Eltern, die nach ihr suchen. Oder sie hat Eltern, die nicht nach ihr suchen.« Auch das gab es damals. Als wir später einen Schrebergarten hatten und ich manchmal Obst mit in die Schule brachte, da gab ich ihr immer ein Stück davon ab. Sie sah mich dann fragend an, so als wolle sie wissen, warum ausgerechnet sie das Obst bekäme, fragte aber doch nicht und bedankte sich artig. Später habe ich sie aus den Augen verloren.

Erste Schulzeit

Vor der Schule hatte ich eine Riesenangst. Die ständigen Stoßseufzer meiner Eltern: »Ach, das fürchterliche Kind«, hatten mich zu der Überzeugung gebracht, dass ich tatsächlich ein fürchterliches Ekelpaket sei. Im Geist sah ich schon, wie der Lehrer mit dem Stock auf mich einschlug, weil ich so ungezogen war. Die nicht abreißende Flut von Flüchtlingseltern, die immer wieder Anträge auf Überspringen von Klassen stellten und sie damit begründeten, dass Großstadtkinder einfach pfiffiger, heller, schlauer und intelligenter seien als Kinder aus der Provinz, hatte mich davon überzeugt, dass ich bodenlos dumm sei, dass ich von den anderen Kindern wegen meiner Dummheit ausgelacht und schließlich sitzenbleiben würde. Ich verdrängte also die Tatsache, dass auch ich in die Schule gehen müsse, so lange, wie es nur irgendwie ging. Aber die Zeit eilte und am Nachmittag des 3. September 1944 war es soweit. Mutti hatte einen Pappschulranzen und eine Schiefertafel »organisiert.« Im regulären Handel waren die Sachen nicht mehr zu bekommen. Mutti machte sich sehr sorgfältig zurecht und sah, wie ich fand, umwerfend gut aus. Als wir auf dem Schulhof standen, rund 60 Mädchen mit Müttern, da sah ich, dass andere Mädchen Zuckertüten hatten. Ich hatte keine und war traurig, ließ mir aber nichts anmerken, sonst wäre wiederum Mutti traurig gewesen und das wollte ich erst recht nicht. Tapfer verbiss ich mir die Tränen. Als wir aufgerufen wurden, ins Schulhaus zu kommen, kam Vati doch noch mit einer Zuckertüte angerannt. Er hatte sie selbst aus Pappe und Buntpapier geklebt. An den Klebestellen war sie noch feucht und Vati trug mir auf, die Tüte sehr, sehr sorgfältig zu tragen. Im Klassenzimmer wurden unsere Namen verlesen und wir riefen »hier.« Der Lehrer sprach ein paar Worte, von denen ich nicht viel verstand. Danach stellten einige Eltern Fragen. Eine Hamburgerin fragte, ob es nicht sinnvoll sei, für Flüchtlingskinder eine eigene Klasse einzurichten. »Aha«, dachte ich, »eine Klasse für die Gescheiten.« Am Nachmittag schenkte mir eine Kollegin von Vati ein Buch. Es hieß »Schloss Wildenstein.« Es war nicht neu und in einem veralteten Druck geschrieben. Eine Widmung stand auch darin: »Der lieben kleinen Ursula zur Erinnerung an ihren ersten Schultag.« Vati nahm das umfangreiche Buch mit dem veralteten Druck in die Hand und spöttelte: »Da wird noch viel Wasser die Saale hinunterlaufen, bis sie das lesen kann.« Vati sollte sich gründlich irren. Am nächsten Tag machte ich mich voller Angst auf in die Schule. Mir war schlecht vor Angst und Aufregung, aber Mutti bestand darauf, dass ich wenigstens ein halbes Brötchen essen müsse. Noch heute weiß ich, wie heftig ich würgen und schlucken musste, bis ich das Brötchen endlich im Magen hatte. Im Klassenzimmer fand ich einen Sitzplatz neben meiner Freundin, was mich etwas beruhigte. Der Lehrer kam herein, begrüßte uns freundlich und erzählte eine spannende Geschichte vom Hänschen im Blaubeerwald. Hänschen verirrte sich, hatte Angst im dunklen Wald und sagte »U« Danach durften wir viele U schreiben und den Blaubeerwald malen. Am nächsten Tag kam Hänschen an eine Stelle, an der wunderbare Blumen standen. Es sagte »A« und wir durften viele A schreiben und die vielen Blumen malen. Am dritten Tag ekelte Hänschen sich vor den Ameisen und sagte »I.« Danach durften wir viele I schreiben und den Ameisenhaufen malen. Mit der Zeit gefiel mir die Schule richtig gut. Ich verlor sogar die Angst davor, dass die Flüchtlingsmädchen so viel intelligenter seien als wir Einheimischen.

Ich begann, die Schule richtig zu mögen. Leider kamen wir mit dem Lernen immer schlechter voran. Selten erreichten wir die zweite Unterrichtsstunde. Dann kündete der auf- und abschwellende Ton der Sirene an, dass feindliche Flieger im Anzug waren. Daraufhin rafften wir hastig unsere Schulsachen zusammen und stürzten aus dem Schulhaus hinaus. Die beiden Flügel des Eingangstores hatte der Hausmeister immer schon weit geöffnet, damit die Schülerschar ungehindert nach draußen stürmen konnte. Dabei rief er laut: »Luftgefahr 15, Luftgefahr 15.« »Luftgefahr 15« bedeutete, dass innerhalb von 15 Minuten feindliche Flieger da sein konnten. Bei Luftgefahr 15 durften alle Kinder nach Hause rennen, denn so groß war das Städtchen nicht. Schnelles, ausdauerndes Laufen vorausgesetzt, konnten alle rechtzeitig die heimischen Luftschutzkeller erreichen und rennen wie die Hasen, das konnten wir alle. Ein afrikanisches Sprichwort, das besagt, dass in Afrika alle schnell laufen können wegen der Löwen, wurde in dieser Zeit umgedichtet: In Deutschland können alle schnell laufen wegen der Bomben. Wenn der Hausmeister allerdings »Luftgefahr 10« rief, dann durften nur noch die nach Hause rennen, die keine allzu weiten Schulwege hatten. Die anderen mussten das Ende des Alarms im Luftschutzkeller des Schulhauses abwarten. Mein Schulweg war eher kurz. Ich durfte auch bei Luftgefahr 10 noch in den häuslichen Luftschutzkeller rennen. Wenn der gleichmäßige Dauerton der Sirenen das Ende des Alarms verkündete und wir den Keller verlassen durften, war es oft erst 11 Uhr. Was sollte ich nun mit der vielen Zeit an-

44

fangen? Weit vom Haus durfte ich mich nicht entfernen, weil jederzeit ein neuer Alarm möglich war. Meine Eltern waren sehr nervös in dieser Zeit, weil sie die immer kürzer werdenden Pausen zwischen den Fliegeralarmen für dringend notwendige Besorgungen benötigten. Wenn ich sie ansprach, fühlten sie sich »genervt« und schickten mich oft weg. In diesen Situationen suchte ich Zuflucht bei meinem Lesebuch. Als wir schon einige Buchstaben gelernt hatten, kam mir der Verdacht, dass die anderen Zeichen in meinem Buch vielleicht auch Buchstaben sein könnten. Meine Eltern wollte ich in dieser Situation nicht mit Fragen belästigen und so fragte ich einfach ältere Kinder auf der Straße danach, bis ich alle Buchstaben kannte. Drei Wochen nach der Einschulung konnte ich lesen. Ich las mein Lesebuch mehrmals von vorn nach hinten, dann meine Bilderbücher, dann den Struwwelpeter, dann ein Lesebuch, das meinem Bruder gehört hatte. Danach fand ich nichts mehr. Meine Eltern wollte ich nicht behelligen. Sie hatten mit dem Kampf ums tägliche Überleben genug zu tun. Also machte ich mich alleine auf die Suche. In einem Seitenfach des väterlichen Bücherschrankes wurde ich fündig. Da stand säuberlich gebunden und nach Jahrgängen geordnet eine Kinderzeitschrift mit dem Namen »Jugendlust.« In dieser Zeitschrift fand ich spannende Geschichten von Kindern, die Abenteuer erlebten, lustige Tiergeschichten und Berichte über fremde Länder. Ich fand auch Berichte über Hitler und sein Leben auf dem Obersalzberg. Mit der Zeit kannte ich auch alle seine Schäferhunde mit Namen und wusste, dass seine Lebensgefährtin »Eva Braun« hieß. Außerdem erfuhr ich, dass es angeblich wertvolle und minderwertige Rassen gebe. Die Arier, so hieß es in der Zeitschrift, seien die wertvollste Rasse, die Herrenrasse. Vati hatte außerdem unseren arischen Nachweis griffbereit im Bücherschrank liegen. Ich erfuhr außerdem, dass unter den Ariern die blonden und blauäugigen Menschen die allerwertvollsten waren. Das freute mich, weil ich blond und blauäugig war. Ich las auch viel über Rassenhygiene. Ich erfuhr, dass Arierinnen sich nie mit Nichtariern einlassen düften, weil das gegen alle Gesetze der Rassenhygiene verstoße und Rassenschande sei. Ich erfuhr auch viel über tapfere Hitlerjungen und tapfere BDM-Mädchen, die für Hitler in den Krieg zogen und für Deutschland kämpften. Ich haderte mit meinem Schicksal, weil ich erst so spät geboren war. Um dem BDM beitreten zu können, musste man 14 Jahre alt sein. Ich war gerade mal sechs. Kurzum: Während um mich herum Deutschland in Schutt und Asche versank, stopfte ich mir den Kopf voll mit nationalsozialistischem Gedankengut.

Einmal kam es deswegen zu einem Streit zwischen meinen Eltern. Es war kurz vor Kriegsende und wir hatten Besuch. Ich schwärmte im Beisein des Besuches von Hitler, seinem Leben auf dem Obersalzberg und von seinen Schäferhunden. Vati bekam vor Staunen den Mund nicht mehr zu. »Woher hat sie das?«, herrschte er Mutti an. »Von mir nicht«, antwortete Mutti. »Deine Idee war es doch, das Kind in den nationalsozialistischen Kindergarten zu schicken. Jetzt hast du das Ergebnis.« Des Besuches wegen nahmen meine Eltern sich zusammen. Kaum aber war der Besuch weg, da ging Vati auf mich los: »Woher hast du diesen hanebüchenen Unsinn?«, wollte er wissen. »Aus der Jugendlust«, verteidigte ich mich und öffnete das Seitenfach des Bücherschrankes. »Seit wann kann sie denn lesen?«, brüllte Vati. »Seit Monaten kann sie lesen«, konterte Mutti »oder ist es dir entgangen, dass sie in die Schule geht?« Der Streit eskalierte und wurde richtig laut. Vati warf Mutti vor, meinen Lesestoff nicht kontrolliert zu haben, Mutti warf Vati vor, seine nationalsozialistischen Schriften nicht weggesperrt zu haben. Der Streit dauerte, wie alle Streitigkeiten zwischen meinen Eltern nicht lang. Mutti wollte sehen, dass sie einen Teil des Obstes, das unser Schrebergarten abwarf, in Bücher umtauschen könne, die meinem Alter entsprachen. Vati wollte seinen Bücherschrank entrümpeln und alles hinauswerfen, was irgendwie nationalsozialistisch angehaucht war. Nur ich weinte noch, weil Vati mich als fürchterliches Kind bezeichnet hatte, das seine Eltern bis auf die Knochen blamierte. Meine Eltern versicherten mir beide, dass ich nun wirklich nichts dafür könne und dass sie mich lieb hätten. Als der allgemeine Friede wieder hergestellt war, setzten wir uns alle an den Tisch und aßen Kartoffeln mit Grünkernsuppe. Bei der Entrümpelung des Bücherschrankes am nächsten Tag wurde leider auch das Buch »Mein Kampf«entsorgt, was sich später als großer Fehler herausstellen sollte. Als die geschichtlich interessierten Enkel viel später das Buch lesen wollten, machte es große Mühe, es wiederzubeschaffen.

Nach dem Einmarsch der Amerikaner, als Vati plötzlich von einem Tag auf den anderen seinen Beruf verlor und mehr Zeit hatte, als ihm lieb war, nahm er sich eines Tages viel Zeit für mich. Er erklärte mir, dass es zwar die verschiedensten Rassen gäbe, dass aber alle Rassen gleichwertig seien und dass die Ideen von Rassenhygiene und Rassenschande nur dem kranken Hirn Adolf Hitlers entsprungen seien.« »Dann dürfte ich später auch einen Neger heiraten?«, fragte ich. »Selbstverständlich!« antwortete Vati. »Dürfte ich denn auch einen ganz kleinen Neger mit Baströcken heiraten, so einen P…Pr«…. »Pygmäen«, half Vati mir. »Selbstverständlich darfst du auch einen Pyg-mäen mit Baströcken heiraten«, antwortet Vati im Brustton der Überzeugung. Ich hatte so meine Zweifel, ließ mir aber nichts anmerken. Das Schicksal hat es später so eingerichtet, dass Vatis Wahrheitsliebe in diesem Punkt niemals auf die Probe gestellt wurde.

Damit ich nicht wieder die falschen Geschichten läse, nutzte Mutti in den nächsten Tagen eine Lücke zwischen zwei Flieger-alarmen und ging mit mir auf den Speicher. Dort fanden wir

»Heidi« von Johanna Spyri und auch »Schloss Wildenstein«, das Buch, das ich zum Schulanfang bekommen hatte und von dem Vati gemeint hatte, es müsse noch sehr viel Wasser die Saale hinunterlaufen, bis ich es lesen könne.

Die Fronten rücken näher

Um die Weihnachtszeit 44/45 verirrte sich eine Bombe, die der Bahnlinie zugedacht war, in die Nähe des Schulhauses. Zwar wurde das Schulhaus selbst nur leicht beschädigt, aber die Druckwelle der Bombe oder die Bombensplitter oder beides hatten die Fensterscheiben zerstört. Fensterglas gab es schon lange keines mehr. Da auch das Heizmaterial so knapp war, dass man ein so großes Gebäude nicht mehr beheizen wollte, wurde das Schulhaus ganz geschlossen und man verteilte die Schulklassen auf verschiedene Gaststätten und Räumlichkeiten, die ohnehin beheizt wurden. Meine Klasse kam ins Hans-Schemmhaus, im Volksmund besser bekannt als das »Braune Haus.« Für mich hatte das den Nachteil, dass mein Schulweg dadurch sehr viel länger wurde. Wenn irgendwann am Vormittag die Sirenen aufheulten, musste ich mit dem Ranzen auf dem Rücken bergauf bis in die Martinlamitzer Straße rennen. Ich muss damals über eine gute Kondition verfügt haben, denn ich schaffte den Weg ohne einmal stehenzubleiben. Meist war ich trotzdem die Letzte, die im Luftschutzkeller ankam, wo Mutti mich schon ungeduldig erwartete. Da der Raum im Hans-Schemmhaus auch benutzt wurde, um Essen für die Flüchtlinge auszugeben, die zwar einen Schlafplatz gefunden hatten, aber keine Kochgelegenheit, musste man seinen Platz erst einmal von Grießsuppe und Brotkrümeln säubern, ehe man seine Schulsachen auf den Tisch legen konnte. Unser Lehrer war keiner von denen, die einfach nur die Unterrichtszeit herumbringen wollen. Er versuchte, uns in der knapp bemessenen Unterrichtszeit möglichst viel beizubringen. Einmal hatte er uns angedeutet, dass jetzt etwas aufregend Neues kommen würde. Gespannt schauten wir 60 Mädchen unseren Lehrer an. In diesem Augenblick begann die Sirene zu heulen. Unserem Lehrer entfuhr ein Wort, das der Fäkalsprache entnommen ist und von einem Lehrer eigentlich nicht in den Mund genommen werden sollte. Zum Glück ging besagtes Wort im Getöse unter, das entsteht, wenn 60 Mädchen aufgeregt ihre Sachen packen, aus der Tür stürmen und die Treppe hinunterrasen. Trotz aller Widrigkeiten denke ich heute noch gern zurück an mein erstes Schuljahr und unseren geliebten Lehrer Schuster.

Im Frühling 1945 kam überhaupt kein Unterricht mehr zustande. Da schloss man die Schule ganz. Die Lehrerinnen wurden zu Lazaretthelferinnen umfunktioniert und die wenigen älteren Lehrer, die noch Dienst taten, wurden für den Volkssturm eingezogen. Auch Vati arbeitete jetzt nicht mehr als Lehrer, sondern ging zum Volkssturm. Was er da tat, wussten wir nicht. Er sprach nicht darüber und wir fragten auch nicht.

Urlaub vom Volkssturm bekam Vati nur, um seinen Ehrenämtern nachzukommen. Er war weiterhin als Blockleiter tätig, kontrollierte, ob in allen Häusern genügend Eimer mit Löschwasser und Löschsand bereitstanden und ob die Fluchtwege offen und nicht durch Gerümpel versperrt waren. Er organisierte Kurse in »Erster Hilfe« und kontrollierte, ob jeder seine Gasmaske griffbereit hatte. Vati simulierte mit den Hausbewohnern auch die verschiedensten Notsituationen. Zum Beispiel rief er: »Hauptausgang durch Feuer versperrt«, dann mußten die Hausbewohner durch Kellertüren oder Parterrefenster das Haus möglichst schnell verlassen und Vati war erst zufrieden, wenn der ganze Vorgang nicht allzu lange gedauert hatte. Oder Vati rief: »Achtung, Giftgasalarm!« In diesem Fall mussten die Hausbewohner blitzschnell die Gasmasken aufsetzen und Vati kontrollierte den korrekten Sitz. Saß eine Gasmaske nicht ganz vorschriftsmäßig, so rief Vati:«So, jetzt sind Sie mausetot.» Insgesamt sollen die Blockleitereinsätze meines Vaters immer äußerst heiter und amüsant gewesen sein. In einem Punkt aber hatte man bei der Auswahl meines Vaters zum Blockleiter den Bock zum Gärtner gemacht. Seine Aufgabe wäre es nämlich auch gewesen, wehrkraftzersetzende oder volksverhetzende Äußerungen anzuzeigen. Bedenkt man, dass damals bereits ein laut geäußerter Zweifel am sicheren Gewinn des Krieges als wehrkraftzersetzende Äußerung galt, so kann man sich vorstellen, was Vati da alles hätte melden müssen. Dieser Pflicht ist er niemals nachgekommen.

Viel Zeit verbrachte Vati auch mit der Betreuung der Auslandsdeutschen. Unermüdlich schrieb er Anträge und Suchmeldungen ans Rote Kreuz, die von den Auslandsdeutschen mit Kreisen, Kreuzen oder Wellenlinien unterschrieben wurden.

Außerordentlich oft war Vati auch in der Städtischen Bücherei, die er verwaltete. Dass er da Dinge trieb, die ihn Kopf und Kragen hätten kosten können, das erfuhren wir erst nach dem Krieg. Jeden Monat bekam Vati eine Liste mit den Büchern, die er aus dem Regal nehmen und vernichten sollte. Es handelte sich dabei nicht nur um Bücher von Juden, Halbjuden und Vierteljuden ohne Rücksicht auf deren Inhalt, sondern auch um Bücher nichtjüdischer Schriftsteller, deren Ideen sich nicht mit Hitlers Gedanken deckten. Vati nahm diese Bücher zwar vorschriftsmäßig aus den Regalen, vernichtete sie aber nicht, sondern versperrte sie in einer Geheimschublade. Wenn Menschen zu ihm kamen, denen er voll vertraute, verlieh er auch mal ein Buch aus dieser Schublade. Berücksichtigt man die Tatsache, dass Vati noch immer nicht aus der Kirche ausgetreten war, so muss man sagen, dass er sich damals auf äußerst dünnem Eis bewegte.

Im Kessel

Etwa Anfang April 1945 hörte ich ein dumpfes Grollen wie von einem Gewitter, das noch sehr weit weg ist. »Ich glaube, wir kriegen heute ein Gewitter«, sagte ich zu Mutti. »Das ist kein Gewitter«, antwortete Mutti ernst »das sind Geschütze von Russen oder Amerikanern, so genau weiß man das nicht.« »Geschütze?« Ich erschrak. »So nah schon?«, fragte ich besorgt. Am meisten irritierte mich die Normalität, mit der das Leben weiterging: Die Fabriksirenen tuteten, die dienstverpflichteten Arbeiterinnen radelten, die Russen marschierten und die Geschäfe waren geöffnet. Vor den Geschäften standen magere Hausfrauen mit Kittelschürzen und Kopftüchern Schlange. Auch Mutti hatte es sich abgewöhnt, sich zum Einkaufen umzuziehen. Wenn sie hörte, dass in irgendeinem Geschäft irgendwelche Lebensmittel zu haben waren, ließ sie alles stehen und liegen, rannte aus dem Haus und stellte sich in die Reihe. Gegen Ende des Krieges kam es allerdings immer öfter vor, dass sie mit leerer Tasche und enttäuschtem Gesicht zurückkam, weil der begehrte Artikel schon ausverkauft war, ehe sie an der Reihe war. Weil es zwischen den Schlange stehenden Hausfrauen immer häufiger zu Rangeleien und Streitereien kam, war man dazu übergegangen, bei Warteschlangen Polizisten zu postieren, die dafür sorgten, dass es nicht zu Schimpfereien oder gar Handgreiflichkeiten kam. »Es kommen keine Lebensmittellieferungen mehr durch«, entschuldigten sich die Ladenbesitzer. »Irgendwo vor Hof stehen die Russen, irgendwo vor Münchberg die Amerikaner.« So kam es, dass Mutti in diesen Wochen den Löwenanteil ihrer Zeit mit Einkaufen zubrachte und den Haushalt erst gegen Abend mehr schlecht als recht erledigte.

Vati, der nach wie vor die meiste Zeit beim Volkssturm zubrachte, wurde in den letzten Kriegstagen etwas gesprächiger.

»Heute haben wir Hammerwerfen geübt«, äußerte er beispielsweise. Wenn Mutti nachfragte, erklärte er: »Wir haben die Hämmer aus unseren Werkzeugkästen mitgebracht, uns fest eingebildet, es seien Panzerfäuste und diese Panzerfäuste haben wir dann auf einen imaginären Panzer geworfen.« »Und den Panzer?«, wollte Mutti wissen, »wo hattet ihr den her?« »Oh, das war ganz einfach«, erklärte Vati mit einer Mischung aus Bitterkeit und Zynismus. »Wir haben vier Pfähle in den Boden gerammt, eine Zeltplane darübergedeckt und fertig war der Panzer.« Ein anderes Mal erzählte Vati: »Heute haben wir Schießübungen gemacht.« »Und«, fragte Mutti »hast du getroffen?« »Sagen wir mal so,« entgegnete Vati »ich glaube, dass ich getroffen hätte, wenn das Luftgewehr, das ich betätigt habe, Munition gehabt hätte.« Mutti wusste nicht, ob sie lachen oder weinen sollte. »Ihr übt also mit Luftgewehren, die nicht geladen sind?« »So ist es«, erwiderte Vati und diesmal überwog die Verbitterung. Oder Vati erzählte: »Heute haben wir geübt, wie man sich rasch zu Boden wirft, wenn der Feind schießt. Es war ein durchschlagender Erfolg. Der alte Findeisen hat sich die Hand gebrochen, außerdem hatten wir zwei verstauchte Ellbogen und ein aufgeschlagenes Knie.« »Und es besteht keine Möglichkeit mehr, doch noch an Munition zu kommen?«, fragte Mutti. Vati lachte bitter. »Wie denn, wir sind im Kessel. Der Kessel ist zu.« »Vieleicht ist es besser so«, meinte Mutti. »Vielleicht ist es besser so«, gab Vati ihr recht.

Eines Tages standen Männer vor unserer Gartentür, deren Haut deutlich dunkler war, als die eines normalen Europäers. Auch die Gesichtszüge erschienen mir außergewöhnlich fremd. Die Männer fragten nach dem Weg nach Hof. Mutti erklärte ihnen den Weg und erfuhr im Laufe des Gespräches, dass es sich um Kriegsfreiwillige aus Indien handelte, die nun doch noch versuchen wollten, dem Feind zu entwischen. Als sie weg waren, konnte Mutti nur noch den Kopf schütteln. »Kriegs-freiwillige! Aus Indien!«

Immer öfter sah man in diesen letzten Tagen vor Kriegs-schluss auch kleinere Gruppen von deutschen Soldaten. Sie kamen aus allen Richtungen, eilten in alle Richtungen, fragten niemanden nach irgendeinem Weg und keiner fragte sie, wo sie denn hinwollten.

In dieser Zeit hatte ich ein Erlebnis, das wohl zu den schlimm-sten Kriegserinnerungen zählt. Entgegen meiner sonstigen Ge-wohnheit hatte ich Mutti bei ihren Einkäufen in die Stadt begleitet. Plötzlich schrie Mutti: »Kind mach die Augen zu, schau nicht hin!« Sie versuchte noch, mir die Augen zuzuhal-ten, aber es war schon zu spät. Ich sah Männer, Frauen und sogar einzelne Kinder in schwarz-weiß gestreiften Anzügen und völlig ausgemergelten Körpern. Sie konnten vor Schwäche kaum gehen und stützten sich gegenseitig. Die Aufseher hat-ten Peitschen und schlugen auf die ein, die nicht mehr gehen konnten. Neben mir schrie eine Hamburgerin: »Macht sie tot, das ist barmherziger.« Der Aufseher erwiderte grimmig: »Die kriegen jeden Tag eine Wassersuppe. In ein paar Tagen sind sie verreckt.« Eine Hausfrau zog ein Brötchen aus der Einkaufs-tasche und drückte es einem kleinen Mädchen in die Hand. Sofort war ein Aufseher zur Stelle, schlug dem Mädchen auf die Hand, es schrie und das Brötchen rollte in den Rinnstein. »Ihr Verbrecher«, rief ein betagter Rentner. »An die Wand stellen sollte man Euch, erschießen sollte man Euch!« Zu diesem Aus-ruf gehörte großer Mut, denn die Aufseher waren nicht nur mit Knüppeln, sindern auch mit Gewehren ausgestattet. Der ent-setzliche Zug hatte sich schon längst in Richtung Katholische Kirche entfernt, da standen die Hausfrauen noch immer völlig erschüttert in Gruppen und rätselten über den merkwürdigen Zug. Es waren mit Sicherheit keine Kriegsgefangenen. Wie die aussahen, wussten wir. Das waren stramme kräftige Kerle. »Ob es sich um Insassen eines Konzentrationslagers handelte? Gab es diese Konzentrationslager doch, über deren Vorhandensein man man in den letzten Kriegsmonaten immer wieder gemunkelt hatte? Aber wo kamen diese Menschen her? Im gesamten fränkischen Bereich gab es kein Konzentrationslager. Das hätte man doch gewusst. Viele Hausfrauen hatten Tränen in den Augen. »So etwas Fürchterliches«, wiederholte eine immer wieder. »So etwas Entsetzliches«, weinte eine andere. Mutti, von den Erlebnissen des Krieges und von der mangelnden Ernährung geschwächt, musste von zwei Hausfrauen gestützt werden, bis ihr eine freundliche Ladenbesitzerin einen Stuhl brachte. Als ich erwachsen war, habe ich mehrfach versucht, Konkretes über diese Menschen herauszubekommen. Viel war es nicht. Das Einzig Beruhigende, das ich erfahren konnte, war, dass keiner dieser Häftlinge mehr zu Tode gekommen zu sein scheint. Man hätte die Leichen finden müssen. Der Zug war zuletzt im Bereich des Kaplanberges als geschlossene Formation gesehen worden. Alles Andere ist mehr oder weniger Vermutung. Irgendwo in den weiträumigen Wäldern zwischen unterer und oberer Schieda müssen sich die Aufseher aus dem Staub gemacht haben. Die geschwächten Häftlinge, auf sich selbst gestellt, suchten Hilfe. Einige tauchten in Einödhöfen auf, wo sie Lebensmittel bekamen, einzelne wurden am Verbandsplatz der Amerikaner am Gut Holzfeld erstversorgt. Irgendwie müssen sie, vielleicht mit Hilfe der nachrückenden Amerikaner, nach Hause gekommen sein. Eine Namensliste, die Auskunft über die Identität der Häftling hätte geben können, gab es nicht. Es herrschte Chaos in diesen Tagen.

Kurz vor Kriegsende, ich lag schon im Bett und hatte schon ein bisschen gedöst, da klingelte es an der Wohnungstür. Das Klingeln zu dieser ungewöhnlichen Zeit machte mich im Nu hellwach. Flitzebogengespannt lauschte ich an der Tür. Da ich nichts verstehen konnte, öffnete ich die Tür nur einen winzigen

Spalt. Mutti sah mich natürlich sofort: »Ach, das fürchterliche Kind«, stöhnte sie. Da sie aber sonst nichts sagte, schlüpfte ich in die Küche, setzte mich in eine Sofaecke und verhielt mich ausgesprochen unauffällig, eine Taktik, die ich vorzüglich zu beherrschen gelernt hatte. Auf diese Weise konnte ich meine Neugier zumindest teilweise befriedigen. Ein städtischer Angestellter stand in der Küche und teilte meinen Eltern aufgeregt mit, dass die Bahnlinie Hof – Martinlamitz von Tieffliegern beschossen worden sei. Der Zug hätte auf offener Strecke halten müssen, könne auch nicht weiterfahren und ob meine Eltern für eine Nacht ein Ehepaar aufnehmen könnten. Meine Eltern erklärten sich bereit und der Angestellte brachte ein Ehepaar mittleren Alters herein, das von dem eben Erlebten noch deutlich gezeichnet war. Die Kleidung war schlammig, die Haare durcheinander. Mutti bat die Fremden herein, legte noch einmal Kohlen nach und zauberte von irgendwoher zwei Eier. Sie machte Rührei für die beiden, entschuldigte sich, dass sie nicht mehr im Hause hatte und wünschte den beiden einen gesegneten Appetit. Während des Essens erzählte das Ehepaar, dass es aus Hof komme und auf dem Weg nach Regensburg sei, wo Verwandte ein Bauerngut besäßen. Dort habe man in Ruhe das Ende des Krieges abwarten wollen. Kurz nach dem Verlassen des Bahnhofes Martinlamitz seien Tiefflieger gekommen und hätten den Zug beschossen. Dieser habe auf offener Strecke anhalten müssen. Die Insassen seien in die Wälder neben dem Bahngleis geflüchtet, die Tiefflieger aber hätten wie wild in die Wälder geschossen. »Es hat Verletzte gegeben«, seufzte der Mann. »Vielleicht auch Tote«, ergänzte die Frau. »Es war ein Sanitätszug«, erzählte der Mann weiter. Er war mit einem Roten Kreuz als Sanitätszug deutlich sichtbar gemacht und transportierte vorwiegend Verwundete«, erzählte der Mann und konnte das Geschehene noch immer nicht fassen. »Und wir haben uns in diesem Zug so sicher gefühlt«, ergänzte seine Frau. »Wir hätten doch sonst die Reise gar nicht gewagt.« »Regensburg«, überlegte Vati, »das ist natürlich noch eine weite Strecke.« Mutti öffnete das Küchenfenster: »Hören Sie«, erklärte sie den beiden, »das, was sie von dieser Seite hören«, sie zeigte in Richtung Hof, »das könnten Russen sein und das, was sie von dieser Seite ganz schwach hören, das sind die Amerikaner. Ob Sie da noch bis Regensburg kommen?« Ein Atlas wurde herbeigezogen und die Entfernung nach Regensburg abgeschätzt. Die Distanz nach Regensburg konnte man ungefähr einschätzen. Wie weit aber waren Geschütze entfernt, deren Donner nur als ganz sanftes Grollen zu hören war? Das Ehepaar beschloss, am nächsten Tag gegen 11 Uhr das im Zug zurückgelassene Gepäck im Rathaus abzuholen, wie man es mit den städtischen Angestellten vereinbart hatte. Danach wollte es bei der Bahn weitere Auskünfte einholen. »Sie können hier am Fenster sehen, wann ihr Gepäck vorbeikommt«, riet Mutti. »Es gibt keinen anderen Weg zum Rathaus.« Anschließend verschwand Mutti mit der Einkaufstasche zum Schlange stehen. Das Ehepaar aus Hof und ich saßen am Fenster und warteten auf den Gepäckwagen. »Da kommt er«, rief die Frau. Aber dann erschrak sie und verstummte. Das erste Pferdefuhrwerk, das die Straße hinunterfuhr, hatte neben Gepäckstücken auch Tote geladen. Zwar hatte man die leblosen Körper in Decken gehüllt, aber es konnte kein Zweifel daran entstehen, dass es sich um leblose Körper handelte. Die Frau schluchzte auf. Minutenlang hielt sich das Ehepaar eng umschlungen fest und weinte. Erst die nächsten beiden Fuhrwerke, die der Transportfirma Sölch gehörten, hatten Gepäckstücke geladen. Tief betroffen machte sich das Ehepaar auf, um im Rathaus seine Koffer zu holen. Als es wiederkam, erklärte es, dass man ihm von der Fortsetzung der Reise dringend abgeraten habe. »Wir wollen so schnell wie möglich nach Hof zurückfahren«, versicherten beide. Bedrückt verabschiedeten sie sich, dankten für das Nachtquartier und versprachen, sofort zu schreiben, wenn sie gut in Hof angekommen seien. Im Jahr 1947 erhielten wir eine Karte vom April 45, auf der das Ehepaar seine glückliche Ankunft in Hof mitteilte.

In den letzten Kriegstagen, als der Kanonendonner von beiden Seiten lauter wurde, hatte Mutti große Angst, dass die Familie durch Flucht oder Bombardierung getrennt werden könnte. Immer wieder fragte sie mich ab: Name, Vorname, Straße, Ort, Geburtstag usw. Es nervte mich sehr. Aber Mutti erklärte: »Wenn wir getrennt werden, muss der Suchdienst des Roten Kreuzes uns wieder zusammenführen können.« Zur Sicherheit stickte sie meinen Namen und meine Adresse auch in mein Luftschutzgepäck. Dieses bestand aus einem Kinderrucksack, der eine Garnitur Unterwäsche, Socken und einen warmen Pullover enthielt. Ferner waren darin ein Päckchen Kekse, das ich aber nur öffnen durfte, wenn ich fast am Verhungern war, und natürlich meine Gasmaske. Das Aufsetzen der Gasmaske hatte Vati mit mir geübt, bis ich es schnell und sicher konnte. Neben meinem Luftschutzgepäck schleppte ich noch eine sehr vornehme Puppe namens Rosemarie herum, die einen Schrankkoffer mit fünf verschiedenen Kleidern hatte. Sie war fast so elegant wie die Barbiepuppen späterer Jahre. Zwar war eine schicke Anziehpuppe in diesen Zeiten so überflüssig wie ein Kropf, aber meine Eltern ließen mir meinen Spaß. Hauptsache war, dass ich mein Luftschutzgepäck immer bei mir trug und in diesem Punkt war ich sehr gewissenhaft.

Im Luftschutzkeller

An einem traumhaft schönen Apriltag 1945 saß ich im Vorgarten unseres Hauses und erfreute mich am tiefblauen Himmel, an dem die feindlichen Flieger friedlich dahinflogen und ihre weißen Kondensstreifen hinterließen. Längst heulte keine Sirene mehr, wenn Fluggzeuge über uns hinwegflogen. Dies lag einmal daran, dass das gesamte Warnsystem nicht mehr funktionierte, zum anderen lag es daran, dass man die Luftschutzkeller überhaupt nicht mehr hätte verlassen können. Fast war es so, als hätten die feindlichen Flieger und die Bewohner Schwarzenbachs schon so etwas wie Frieden geschlossen. »Wir tun euch nichts mehr«, schienen sie sagen zu wollen, »den Krieg haben wir ohnehin gewonnen und euere Porzellan- und Textilwerke interessieren uns ohnehin nicht.« Plötzlich fielen aus einem dieser Flugzeuge Hunderte von weißen Papierchen. »Flugblätter«, sagte eine Nachbarin. Es dauerte Stunden, bis die den Boden ereicht hatten. Schließlich landete eines davon auf einer großen Wiese neben unserem Haus. »An die Einwohner der Stadt Schwarzenbach«, stand darauf. Die Feinde teilten uns in makellosem Deutsch auf einem mit Schreibmaschine beschriebenen Papier mit, dass alle Militärpersonen die Stadt verlassen sollten und dass die Stadt zum Zeichen der friedlichen Übergabe weiße Flaggen hissen solle. Eine der weißen Flaggen müsse am höchsten Gebäude der Stadt angebracht werden. Die Bewohner der Martinlamitzer Straße standen in einer dicken Traube um das Flugblatt herum. Was das Militär anging, so hatten alle in der Nachbarschaft ein reines Gewissen. Keiner von uns versteckte Militärpersonen. Aber weiße Flaggen? Jeder hatte inzwischen für diesen Fall weiße Hand- oder Tischtücher bereitgelegt, aber keiner wagte es, den Anfang zu machen. Bange Gesichter bei allen Nachbarn! »Was machte das Rathaus?« Keiner traute sich, die weiße Flagge als erster herauszuhängen. Keiner wollte wegen »wehrkraftzersetztender Tätigkeiten« so kurz vor Kriegsende noch standrechtlich erschossen werden. Auch über das höchste Gebäude der Stadt herrschte Unklarheit. »Die Kirche«, meinte einer. »Die Fabrikschornsteine«, meinte ein anderer.

Am Nachmittag kam mein Vater mit einem kleinen Karton voller Lebensmittel nach Hause. »Der Volkssturm ist aufgelöst«, berichtete er. »Wir haben keinen Volkssturm mehr.« »Und wenn wir den Krieg doch noch gewinnen?«, fragte Mutti ängstlich. »Dann werden wir alle um einen Kopf kürzer gemacht«, lachte Vati. Das Risiko, einen Kopf kürzer gemacht zu werden, schätzte er offensichtlich nicht sehr hoch ein. Meine Eltern beschlossen, von nun an ganz im Keller zu übernachten. Die letzten Nächte waren ein ständiges Herauf- und Herunter gewesen. Heulte die Sirene, rannte man in den Keller, gab es Entwarnung, ging man wieder in die Wohnung, um kurze Zeit später wieder in den Keller zu rennen. Anschließend reparierte Vati einen alten Spirituskocher. »Schließlich wissen wir nicht, wie lange wir im Keller bleiben müssen«, erklärte er seine Tätigkeit. »Vielleicht ist es ja nützlich, wenn wir eine Möglichkeit haben, etwas warm zu machen.« Danach tat er etwas Merkwürdiges: Er riss die Hakenkreuzfahnen von den Stöcken, an denen sie hingen. An den leeren Stangen befestigte er ordentlich mit kleinen Nägeln weiße Leinenhandtücher. Das Ganze wickelte er wieder in eine Hakenkreuzfahne ein. Jemand, der ihn im Treppenhaus sah, musste annehmen, dass er ganz normale Hakenkreuzfahnen transportierte. Mutti wusch noch einmal Unterwäsche. »Wer weiß, wann ich wieder dazu komme«, seufzte sie.

Am Vormittag unternahm Mutti einen letzten Versuch, ihre wenigen Lebensmittelkarten gegen Lebensmittel einzulösen. Vergeblich! Die Läden waren leer. Trotzdem schleppte Mutti schwer. Eine Ladeninhaberin hatte ihr einen Karton mit 800 Packungen Grünkernsuppe überlassen. Wir rührten eine Tüte nach Vorschrift an. Heraus kam eine graugrüne Brühe, die nach nichts schmeckte. In diesem Augenblick ahnte ich nicht, dass diese Grünkernsuppe mich jahrelang fast täglich begleiten sollte.

Ich hatte meine eigenen Probleme. Am 16. April hatte Mutti Geburtstag. Üblicherweise ging ich am Nachmittag des 15. April in ein Waldstück namens »Heide«, wo wilde Schlüsselblumen wuchsen. Von diesen pflückte ich sonst immer einen dicken Strauß und gab ihn Mutti zum Geburtstag. »Das geht nicht mehr«, erklärte Vati. »Wir wissen nicht genau, wo die feindlichen Panzer stehen, vielleicht sind sie näher als wir denken, außerdem können sich Kanonenkugeln auch verirren.« Ich war traurig. »Weißt du was?«, tröstete mich Vati. »Auf unserem Gartenbeet sind Gartenschlüsselblumen. Die pflückst du einfach ab. Dann hat Mutti auch einen schönen Geburtstagsstrauß. Sie hat ganz bestimmt Verständnis dafür, dass du in Tagen wie diesen nicht in die Heide laufen kannst. »Es sind nur fünf«, jammerte ich, aber Vati überzeugte mich davon, dass fünf Gartenschlüsselblumen mindestens so viel wert sind, wie hundert wilde Schlüsselblumen. Anschließend brachte Vati auch die Matratzen und das Bettzeug in den Keller. »Es ist besser, wir verbringen die Nacht ganz im Keller«,erklärte er. Auch die anderen Hausbewohner kamen und richteten sich mit Matratzen, Bettzeug und einigen Lebensmitteln mehr oder weniger häuslich ein. Unsere Matratzen lagen im Waschhaus in unmittelbarer Nähe von Einmachgläsern mit eingemachtem Obst. Damit wir im Notfall sofort fluchtbereit waren, schliefen wir in Trainingsanzügen. Ich durfte in der Mitte zwischen Mutti und Vati schlafen. In der Nacht vom 15. auf den 16. April schlief ich traumlos und glücklich. Was bedeuteten alle Kanonen der Welt, verglichen mit dem Privileg, im Trainingsanzug im Waschkeller auf einer Matratze neben Einmachgläsern zwischen Mutti und Vati schlafen zu dürfen?

Am nächsten Tag war der 16. April, Muttis Geburtstag. Ich übergab Mutti die fünf Gartenschlüsselblumen zusammen mit einem selbstgemalten Bild. Vati und ich gratulierten zum Geburtstag, wobei Mutti feuchte Augen bekam, wie immer, wenn ihr etwas sehr nahe ging. Nach diesem friedlichen Intermezzo war es allerhöchste Zeit, den Keller aufzusuchen. Die feindlichen Kanonen feuerten schon wieder aus allen Rohren. Die Kugeln schlugen mal näher, mal weiter entfernt ein. Plötzlich aber hatte man den Eindruck, alle Kanonen würden gezielt auf unser Haus gerichtet. Die Wände wackelten, die Einmachgläser auf den Regalen klirrrten, schließlich fielen einige von ihnen krachend auf den Boden. Mehrmals flackerte das Licht und plötzlich war es dunkel. In einer Ecke des Kellers hatten sich einige katholische Hausbewohner zusammengetan. Sie knieten im Kreis auf dem Boden und beteten zur Jungfrau Maria. Sie möge ihnen beistehen jetzt und in der Stunde ihres Todes. Was hätte ich darum gegeben, auch nur ein ganz winzigkleines Gebet sprechen zu können! Meine Eltern waren ganz eng zusammengerückt und hatten mich fest in die Mitte genommen. Einige Hausbewohner hatten sich Decken und Kissen über den Kopf gezogen. Nach einer Weile schlugen noch ein paar Granaten weiter entfernt ein. Danach herrschte Stille. Grabesstille! So furchterregend wie die Granateinschüsse gewesen waren, so unheimlich war jetzt die plötzliche Ruhe. Minutenlang sagte keiner etwas. Schließlich durchbrach einer die Stille: »Wenn die Panzerspitzen angegriffen worden sind, ziehen sie sich jetzt zurück und die Flieger legen einen Bombenteppich über die Stadt, danach bleibt von der ganzen Stadt nur noch ein Trümmerfeld übrig«, sagte er lapidar. »Vielleicht stehen sich die Fronten ja so dicht gegenüber, dass sie gar nicht mehr schießen können, ohne sich gegenseitig über den Haufen zu schießen«, meinte ein anderer. Anschließend sagte keiner mehr etwas und die Stille war wieder unerträglich. Einige mutige Kellerbewohner spähten vorsichtig nach draußen. Nichts war zu sehen, nichts war zu hören. Etwa eine Stunde lang saßen wir in dieser quälenden, unheimlichen Stille. Plötzlich klopfte ein Nachbar an die Kellertür. »Weiße Fahnen raus«, rief er. »Schulhaus, Rathaus und Kirche sind weiß beflaggt.« Die weiße Fahne auf der Kirche hatte also die Feinde dazu bewogen, das Feuer einzustellen. Na endlich! Das war Vatis großer Auftritt. Er lief durchs ganze Haus und brachte überall seine vorbereiteten weißen Fahnen an. Halterungen dafür waren ja genügend vorhanden. Eine weitere Stunde der Ungewissheit verbrachten wir im Keller. Wie eingeschüchtert die Deutsche Bevölkerung war und wie selbst in dieser Stunde noch jeder jedem misstraute, mag man daran erkennen, das niemand auf die Idee kam, einfach eines der im Haus vorhandenen Radiogeräte aufzudrehen und den Feindsender abzuhören, der in diesen Tagen fast ununterbrochen seine Nachrichten an die Deutsche Bevölkerung ausstrahlte. Auf das Abhören des Feindsenders stand die Todesstrafe und wem konnte man wirklich hundertprozentig vertrauen? Also saßen wir im Keller, stellten alle möglichen Vermutungen an und wagten nicht, den einfachsten Weg zu gehen, nämlich den Feindsender anzudrehen. Schließlich hörten wir ein ganz leises Brummen. Es war noch sehr weit weg, aber es wurde nie unterbrochen und wurde ganz allmählich lauter. »Panzer«, flüsterte einer. »Russische Panzer«, ergänzte ein anderer. Ingrid, ein 18-jähriges Mädchen, fing an zu weinen. Gerüchteweise erzählte man sich, dass Russen Frauen vergewaltigen würden. Jung und hübsch wie sie war, wäre Ingrid wohl als erste an der Reihe gewesen. Ein Kellerinsasse hatte eine zündende Idee: Wenn man die Zinkbadewanne aus dem Waschkeller mit dem Boden nach oben drehte, konnte sich ein Mensch darunter verstecken. Die Sache wurde ausprobiert und klappte. Die im Waschhaus liegende Zinkwanne sah völlig unverdächtig aus und Ingrid passte gut darunter. Inzwischen war das Panzergeräusch lauter geworden. Ein mutiger junger Mann robbte durch den Vorgarten. »Ein Stern«, berichtete er, kreidebleich vor Entsetzen, »die Fahrzeuge tragen einen weißen Stern auf olivgrünem Grund.« »Russen«, flüsterten einige. Mehrere weinten, die meisten aber starrten nur schicksalsergeben vor sich hin. Das Panzergeräusch schwoll an, bis der Boden zitterte, schließlich brach es ab. Die Feinde waren da! Minuten später klopfte es energisch an die Kellertür. Mit erhobenen Händen gingen die Männer nach vorne und öffneten. Vati ging mit einer weißen Fahne in der Hand voran. Vor der Tür standen drei unheimliche Gestalten mit Kampanzügen, Stahlhelmen und Maschinengewehren, deren Mündungen genau auf uns gerichtet waren. Der Anführer fragte: »Ist Militär hier?« »Nein«, erwiderten alle laut und energisch. »Nur Zivilpersonen?«, fragte der Anführer weiter. Der Schein einer grellen Taschenlampe wanderte langsam durch den Raum, jedes Gesicht anstrahlend. Anschließend wollte der Anführer wissen, wie viele Wohnungen sich im Haus befänden. Die Stimme klang weder freundlich, noch feindlich, eher sachlich und korrekt. »Gut«, erwiderte der Anführer«, sehen sie zu, dass sie das Haus in zehn Minuten verlassen haben. Ich brauche die Räume für meine Soldaten.« Anschließend verlor er sichtlich das Interesse an uns und wandte sich einem Stadtplan zu. Keine Vergewaltigung? Keine Plünderung? Mutti riss mich hastig an der Hand, um den Keller möglichst schnell zu verlassen, so als könnten die feindlichen Soldaten es sich anders überlegen. Nur der mutige junge Mann, der vorher schon durch den Vorgarten gerobbt war, nahm noch einmal seinen ganzen Mut zusammen. Vorsichtig fragte er den Anführer: »Warum können Sie als Russe so gut Deutsch?« Der Angesprochene ließ keinen Zweifel daran, dass er sich durch die Frage gestört fühlte. Er nahm weder den Blick noch den Finger vom Stadtplan. »Ich bin Amerikaner«, sagte er beiläufig. »Meine Großeltern kommen aus Deutschland.« Amerikaner? Wo kamen die denn so plötzlich her? Die Russen waren doch die ganze Zeit viel näher gewesen. Allgemein herrschte Erleichterung. Die Amerikaner galten als Gentlemenbesatzer, die die Zivilbevölkerung korrekt behandelten. Schnell verließen auch die Letzten den Keller. Draußen empfing uns ein tiefblauer Aprilhimmel, der erstmals seit langer Zeit wieder frei von Kondensstreifen war. Die Frühlingsblumen auf den korrekt angelegten Beeten blühten üppig und prächtig wie selten in dieser Jahreszeit und Zitronenfalter flogen geschäftig umher. Für sie war es ein Tag wie jeder andere auch. Zuerst einmal machten alle ihrer Erleichterung Luft, dass es die Amerikaner waren, die als erste gekommen waren. Einige Frauen weinten Freudentränen, jeder umarmte jeden, selbst Nachbarn, die sich seit Jahren nur angegiftet hatten, fielen sich plötzlich in die Arme, vergossen Freudentränen und drückten und umarmten sich. Während wir noch im Garten standen und die Situation überdachten, bezogen die Amerikaner ihr Quartier. Alle trugen gefleckte Kampfanzüge und Stahlhelme und schleppten auf den Schultern schwere Säcke und Taschen, die ebenfalls gefleckt waren. Manche der Amerikaner sahen nur neugierig zu uns herüber. Andere riefen uns ein freundliches »Hi« oder »Hello« zu. Die Soldaten hatten sehr junge Gesichter mit wundervollen, geraden und gepflegten Zahnreihen, wie sie im Kriegsdeutschland absolut unüblich waren. Später wunderte ich mich darüber, dass es solche Nebensächlichkeiten waren, die sich mir in dieser schicksalsschweren Stunde, die leicht meine letzte hätte sein können, einprägten: der von Kondensstreifen freie, strahlend blaue Himmel, die korrekt angelegten Beete, die geschäftigen Schmetterlinge und – die Zähne der Besatzungssoldaten.

Die seit Tagen und Wochen zusammengewachsene Schicksalsgemeinschaft der Kellerbewohner musste sich nun auflösen. Jeder wollte für sich selbst versuchen, irgendwoher ein Dach über dem Kopf zu bekommen. Meine Eltern wollten zuerst versuchen, bei meinem Großvater unterzukommen, wenn auch der keine Wohnung mehr hatte, blieb uns ja noch das Gartenhäuschen, das zwar nicht heizbar war, aber wenigstens Schutz vor Regen bieten würde. Obwohl wir unser Notgepäck bei uns hatten, gingen wir noch einmal kurz in unsere Wohnung. Die Granatsplitter hatten die Fensterscheiben durchdrungen und sich in Wände und Decken gebohrt. Feiner Mörtelstaub lag auf Möbeln und Böden. Er bedeckte auch fünf Schlüsselblumen und eine Kinderzeichnung. Es war Muttis 41. Geburtstag.

Mit der Quartiersuche hatten wir Glück. Das Haus meines Großvaters war von den Amerikanern nicht requiriert worden. Er empfing uns schon an der Haustür. »Kommt herein«, lachte er »Ich habe schon auf euch gewartet. Ich habe euch schon ein paar Matratzen in den Flur gelegt. Darauf könnt ihr erst mal schlafen.« Am nächsten Morgen hingen an Bäumen und Zäunen weiße Zettel: »Die Amerikanische Militärregierung gibt bekannt«, stand als Überschrift darüber. Der Inhalt der Bekanntmachung war, dass die Deutsche Bevölkerung morgens von 9 Uhr bis 11 Uhr und nachmittags von 17 Uhr bis 18 Uhr Besorgungen machen dürfe. Ansonsten herrsche Ausgangssperre. Dass ich an einem strahlend sonnigen Apriltag nicht nach draußen gehen durfte, passte mir überhaupt nicht.

Bange Tage

Einige Tage nach dem Einmarsch der Amerikaner, etwa Ende April verkündeten weiße Zettel an Zäunen und Bäumen, dass sich alle männlichen Parteigenossen zwischen 15 und 75 Jahren im Rathaus melden müssten. Vati war ein männlicher Parteigenosse, also machte er sich auf den Weg ins Rathaus. Nach weniger als einer halben Stunde war er wieder da, kreidebleich und zitternd. Im Flüsterton erzählte er meiner Mutter, dass er sich habe melden wollen. In diesem Augenblick sei ein Lastwagen vor dem Rathaus vorgefahren und habe eine ganze Reihe von Männern aufgeladen und mitgenommen. Wohin die Inhaftierten gebracht worden seien, wisse kein Mensch. Sie hätten aber weder Wasch- noch Rasierzeug oder Schlafanzug bei sich. Keiner wisse, was man mit ihnen vorhabe Unter diesen Umständen verschob Vati erst einmal seine Meldung im Rathaus. Er wollte versuchen, mehr über die Inhaftierten herauszubekommen. Die nächsten Tage werde ich nie vergessen. Vati saß auf dem Sofa und starrte mit versteinertem Gesicht gegen die Wand. Ab und zu drückte er mich ganz fest, so als wäre es das letzte Mal, dass er mich sähe. Dafür war Mutt auf den Beinen. Schon früh am Morgen ging sie zum Vorplatz vor dem Rathaus, um möglichst genaue Informationen zu bekommen. Was sie zu hören bekam, ließ ihr das Blut in den Adern gefrieren. Man sperrte die Männer einfach in einen Keller des Rathauses und gegen Abend kam jedesmal ein Lastwagen, der die Parteigenossen mit unbekanntem Ziel wegbrachte. Vor dem Rathaus standen nun fortwährend Gruppen von Frauen, die Päckchen mit Wasch- und Rasierzeug für ihre Männer mitgebracht hatten und die Wachposten vor dem Rathaus baten, diese doch ihren Männern mitzubringen. Einige der Wachtposten antworteten nur zynisch: »Wo ihre Männer jetzt hingehen, da brauchen sie kein Rasierzeug mehr.« Das Grauen ging um im Städtchen. Zu den Wachtposten muss man sagen, dass es keine richtigen Polizisten waren. Da Polizisten der Partei angehören mussten, waren sie vom Dienst suspendiert. Damit die Ordnung in der Stadt aufrechterhalten werden konnte, hatte man einen Aufruf erlassen, dass sich politisch unbelastete Männer im Rathhaus melden sollten, um die Funktion der Polizisten zu übernehmen. Diese hatten natürlich keine Polizeiuniform an, sondern waren lediglich durch das Tragen einer weißen Armbinde als Hilfspolizisten kenntlich gemacht.

Vati wartete bis zum vorletzten Tag der Meldefrist. Im Schutz der Dämmerung schlich er sich zu einem guten Bekannten, dem er während der Nazizeit verbotene Bücher ausgeliehen hatte. »Was passiert mit diesen Männern?«, fragte Vati. Ich weiß es nicht«, antwortete dieser, keiner weiß etwas und was das Melden angeht: »Ich bringe das für Sie in Ordnung. Melden sie sich gar nicht.« So war dieser Kelch an Vati erst einmal vorübergegangen.

Nicht ohne Schmunzeln berichtete man von der Inhaftierung der Lehrerin Rosi Scheller. Auch sie hatte sich melden müssen, weil sie Parteigenossin war. Während sie auf dem Rathhausflur auf ihre Vernehmung wartete, musste sie mit ansehen, wie ein Parteigenosse nach dem anderen abgeführt wurde. Als Rosi Scheller endlich aufgerufen wurde, war sie ein Nervenbündel. Sie antwortete auf die gestellten Fragen mit »ja«, dann wieder mit »nein«, und bat schließlich um Wiederholung der Frage. Schließlich wurde sie gefragt, ob sie noch an Hitler glaube. Rosi Scheller hatte nie an Hitler geglaubt, war der Partei lediglich beigetreten, weil man ihre Verbeamtung davon abhängig gemacht hatte. Wieder stotterte sie herum, antwortete mit »ja«, mit »nein« und wieder mit »ja.« Dem Hilfspolizisten mit der weißen Armbinde war das zu viel. Er packte Rosi Scheller am Arm und brachte sie in den Kellerraum, in dem schon mehrere Parteigenossen saßen und auf ihren Abtransport warteten. Gegen Abend kam der berüchtigte Lastwagen und nahm auch Rosi Scheller mit. Die Fahrt dauerte etwa zwei Stunden und endete schließlich an einem leer stehenden Schulhaus. Die Parteigenossen wurden aufgefordert, sich die Klappbetten aus dem Flur zu holen und sie aufzustellen. Als Rosi Scheller sich ebenfalls ein Klappbett holen wollte, nahm es ihr einer der Lagerkommandanten aus der Hand. »Sie können doch nicht mit den Männern zusammen in einem Raum schlafen«, tadelte er sie. Nach einiger Zeit war das Chaos im Schulhaus einer relativen Ordnung gewichen, nur Rosi Scheller stand noch im Flur. Die Lagerkommandanten steckten die Köpfe zusammen. »Was haben sich diese Hohlköpfe nur gedacht, als sie uns eine Frau mitschickten. Wir können sie doch gar nicht unterbringen«, schimpften sie. Schließlich beschloss man, Rosi Scheller wieder nach Hause zu schicken. Man schrieb ihr einen Passierschein und schickte sie hinaus in die Dämmerung. Rosi Scheller war glücklich. Sie schritt zügig aus, solange sie noch etwas sehen konnte und verkroch sich in einer Scheune, als es dunkel wurde. So ging das tagelang. Ab und zu erbettelte sie ein Stück Brot oder ein Glas Milch und war nach einer Woche wieder daheim. Die Kunde, dass Rosi Scheller wieder daheim war, verbreitete sich wie ein Lauffeuer. »Wo sind unsere Männer, wie geht es ihnen?«, wurde sie von den besorgten Frauen mit Fragen bedrängt. »Als ich sie verlassen habe, waren alle noch am Leben«, antwortete Rosi Scheller wahrheitsgemäß.

Was die schlecht organisierte und willkürlich vorgenommene Internierung der Parteigenosssen eigentlich sollte, wurde nie so recht klar. Mit der Zeit kamen alle wieder: ungewaschen, ungekämmt, unrasiert, verlaust, aber bei guter Gesundheit.

Während mein Vater seine eigenen Sorgen hatte, galt für mich Ausgangssperre. Ich tröstete mich damit, dass ich immerhin aus dem Fenster sehen durfte und was ich da zu sehen

bekam, war keineswegs uninteressant. Das Haus meines Groß-
vaters lag an der Ecke Friedrichstraße/August-Bebelstraße. Das
Fenster, aus dem ich heraussah, war so gesehen ein richtiger
Logenplatz. Ich sah amerikanischen Soldaten in Kampfanzügen zu, wie sie Panzer und Jeeps hin- und herrangierten. Da
die asphaltierten Straßen von Schwarzenbach nicht für Pan-
zerfahrzeuge gemacht waren, hinterließen die Panzer dicke
Vertiefungen, die erst sehr viele Jahre später repariert wurden.
Immer wieder suchte ich angestrengt nach Unterschieden im
Aussehen zwischen Deutschen und Amerikanern. Konnte es
sein, dass Menschen, die aus einem so weit entfernten Erdteil
kamen, genauso aussahen wie die Deutschen? Ich konnte jedenfalls trotz intensiven Studiums keine Unterschiede sehen.
Am Abend des dritten Tages, wir hatten gerade Kartoffeln und
Grünkernsuppe gegessen, stellte ich fest, dass die Beleuchtung
im gegenüberliegenden Cafe Rheingold schummrig rot war.
Durch die geschlossenen Türen drang Tanzmusik. Gruppen
adrett gekleideter Amerikaner in Ausgehuniformen strebten
dem Cafe Rheingold zu. Hatte ich schon bei den Soldaten
in Kampfanzügen keinen Unterschied zwischen Deutschen
und Amerikanern feststellen können, so schien mir der Unterschied jetzt noch geringer zu sein. »Schicke Kerle«, dachte
ich gerade. In diesem Augenblick sah ich etwas, was meinen
Atem stocken ließ: Eine Gruppe junger Mädchen näherte sich
trotz der Ausgangssperre dem Cafe Rheingold. Ich erwartete,
dass der Wachposten auf der Straße die Mädchen beschimpfen
oder sogar totschießen würde. Aber der Wachposten schoss
keineswegs. Galant machte er den Weg frei, rief den Mädchen
irgendetwas zu, woraufhin diese kichernd im Cafe Rheingold
verschwanden.

Ich verstand die Welt nicht mehr. Warum hatte ich Ausgangssperre, während die jungen Mädchen trotz der Ausgangssperre frei herumlaufen durften und dabei auch noch

hofiert wurden? Nach etwa vier Wochen kam mein Vater mit der Nachricht heim, dass unsere Wohnung wieder freigegeben sei. Die Bäckerei Weigelman im Haus hatte den Betrieb wieder aufgenommen und Deutsche und Amerikaner sollten nicht in einem Haus wohnen wegen der Fr... Vati hatte etwas Mühe mit dem Wort »Fraternisierung.« Mitte Mai zogen wir also wieder zu Hause ein. Etwa um diese Zeit muss es zum offiziellen Ende der Kampfhandlungen gekommen sein. Ob die Nachricht das Frankenstädtchen überhaupt erreichte, oder ob sie so nebensächlich war, dass sie in der allgemeinen Aufregung unterging, das weiß ich nicht. Jedenfalls sprach niemand davon. Keine Glocke läutete. Jeder hatte seinen Kopf voll mit seinen persönlichen Sorgen.

No fraternisation

Für mich bedeutete der Einzug in die Wohnung, dass ich nun in einem Haus wohnte, das umgeben war von Häusern, in denen Amerikaner wohnten. Gleich am ersten Tag begann ich mit meinen Erkundungen, jedenfalls in den Stunden, in denen keine Ausgangssperre herrschte. Die Maisonne schien warm wie selten. Die Amerikaner hatten Stühle und Hocker in die Vorgärten gestellt und genossen den deutschen Frühling. Vorsichtig pirschte ich mich an eine Gruppe von Amerikanern heran, setzte mich auf ein von der Sonne angenehm vorgewärmtes Mäuerchen und hörte ganz einfach zu. Als ich mittags heimkam, kannte ich schon zwei amerikanische Wörter, nämlich: »Fraulein« und »drops.« Drops waren Fruchtbonbons, die zu Rollen zusammengedreht waren und die jeder Amerikaner in seiner Hosentasche herumzutragen schien. Einige dieser Drops, von den Amerikanern auch »lifesaver« genannt, hatten mir die kinderlieben Amerikaner im Lauf des Vormittags zugesteckt, eine Köstlichkeit für ein Kind, das zu Hause fast nur Kartoffeln und Grünkernsuppe bekam. Mutti passte es gar nicht, dass ich mich so oft in der Nähe von Amerikanern aufhielt, »herumtrieb«, wie sie es nannte, aber Drops und Kekse, mit denen mich die Amerikaner reichlich verwöhnten, konnte sie mir zuhause natürlich nicht bieten.

Einmal bekam ich bei einer solchen Gelegenheit völlig schuldlos fürchterliche Prügel von Mutti. Ich hatte mich mal wieder auf das sonnendurchwärmte Mäuerchen gesetzt, das langsam zu meinem Stammplatz geworden war. Die Soldaten waren allerbester Laune, putzten ihre Stiefel, beschenkten mich mit Drops und Keksen und sangen dazu ein deutsches Lied, das ich sehr gut kannte. Es hatte immer Sondermeldungen eingeleitet und hatte den Refrain: »denn heute gehört uns Deutschland und morgen die ganze Welt.« Während die Amerikaner also ihre Stiefel wichsten und fröhlich sangen, sang ich den Refrain laut und lustig mit. Plötzlich kam Mutti angerannt, riss mich so heftig vom Mäuerchen, dass der Putz blutige Kratzer in meine Oberschenkel riss und schlug mir mehrmals auf den Po. »Hör auf, das Spottlied zu singen«, schrie Mutti mich an. »Aber es ist ein deutsches Lied«, verteidigte ich mich. »Es kam doch immer im Radio vor den Sondermeldungen.« »Es ist ein Spottlied«, beharrte Mutti. Ich verstand die Welt nicht mehr. Noch vor kurzer Zeit war das Lied im deutschen Radio gespielt worden, und nun sollte es plötzlich ein Spottlied sein? Dabei hatte Mutt mich doch selbst immer durch das Haus geschickt, um den Hausbewohnern Bescheid zu sagen, wenn das Lied ertönte. Ich unterließ es, mich weiter zu verteidigen, weil ich keine weiteren Prügel riskieren wollte. Eines Tages erzählte Mutti mir, dass über Nacht Neger im Schulhaus einquartiert worden seien. Damals war »Neger« im Gegensatz zu »Nigger« noch kein Schimpfwort. Ein Mensch mit einer schwarzen Hautfarbe war ein Neger und man musste sich nicht die Zunge zerbrechen und von einem »amerikanischen Staatsbürger afrikanischer Herkunft« sprechen oder gar, wenn man ein farbiges Besatzungskind meinte, von einem »deutschen Staatsbürger afro-amerikanischer Herkunft. »Geh aber nicht zu nah ran«, rief Mutti mir noch zu. Ich rannte sofort los. Tatsächlich! Auf dem Rasenstück hinter dem Schulhaus wimmelte es von farbigen Soldaten. Ich kannte Farbige aus meinen Bilderbüchern und wusste, dass sie schwarz waren. Aber dass sie so schwarz waren! Ich hielt mich erst einmal vorsichtig zurück und beobachtete das Treiben auf dem Rasen aus sicherer Entfernung. Bei näheren Betrachtungen stellte ich fest, dass Farbiger nicht gleich Farbiger war. Es gab Milchkaffebraune, Braune, Schwarze und Blauschwarze. Allen gemeinsam waren die gekrausten Haare und die wulstigen Lippen. Außerdem hatten alle wunderschöne, gepflegte, weiße Zähne, die in den schwarzen Gesichtern ganz besonders gut zur Geltung kamen. Damals herrschte in Amerika noch die Rassentrennung. Während man die weißen Soldaten in Privatquartieren unterbrachte, war man wohl der Meinung, dass Massenquartiere für die Farbigen ausreichen würden. Die Farbigen aber schienen an dieser Zurücksetzung gegenüber ihren weißen Kameraden keinen Anstoß zu nehmen.Sie hatten Stühle, Bänke und Tische ins Freie transportiert und genossen nun das Nichtstun und den deutschen Frühling. Die Zeit vertrieben sie sich mit Brett- und Kartenspielen oder einfach mit Faulenzen. Mit der Zeit traute ich mich etwas näher heran. Schließlich wagte ich es sogar, mich auf das Holzgeländer, das die Wiese umgab, zu setzen. Vorsichtshalber setzte ich mich erst mal nur ein bißchen hin, nur mit einer Pobacke, damit ich, wenn die Farbigen ärgerlich wurden, schnell weglaufen konnte. Aber die Soldaten sahen mich freundlich an. Da wagte ich es, mich richtig auf den Zaun zu setzen. Plötzlich bemerkte ich, dass einer der Soldaten mich freundlich heranwinkte. Er gab gab mir ein Zeichen, dass ich mich ihm gegenüber auf einen Stuhl setzen solle. Etwas ängstlich folgte ich seiner Einladung. Auf den Tisch, der zwischen uns stand, legte er ein Dropsbonbon, zeigte mit dem Finger darauf und sagte »one« »Jetzt du«, forderte er mich auf. Ich sagte »one« und durfte das Bonbon behalten, das ich schnell in meine Schürzentasche schob. Nun holte der Farbige zwei Bonbons aus der Tasche, legte sie vor mir auf den Tisch und sagte »one, two«. »One, two«, wiederholte ich und durfte die beiden Bonbons behalten. Ich hatte mich schon bis »six« vorgearbeitet, als ich plötzlich Mutti stehen sah. Ihre grimmige Miene ließ mich Böses ahnen. Eilig verabschiedete ich mich von dem Farbigen, der mir schnell noch ein Stück Schokolade zuschob. Während ich neben Mutti auf unser Haus zuging, sparte sie nicht an Vorwürfen. »Hab ich dir nicht gesagt, dass du nicht zu nah an die Neger herangehen sollst? Alle anderen Kinder haben sich an dieses Verbot gehalten, nur du nicht. Schon von Weitem habe ich Böses geahnt, als ich unter Hunderten von schwarzen Schöpfen einen hellblonden sah. Das kann nur meine Tochter sein, dachte ich, nur meine Tochter tut so etwas.« »Aber Mutti«, verteidigte ich mich, von welchen anderen Kindern sprichst du denn, du weißt so gut wie ich, dass in der ganzen Gegend nur ich wohnen darf, wegen der Bäckerei Weigelmann und wegen der Fr…Fran…« »Fraternisierung«, half Mutti weiter, wenn ihre Tochter schon einen so schlechten Charakter hatte, dass sie sich mit Negern zusammen an einen Tisch setzte und man sich fragen musste, wie »so ein Kind« überhaupt in diese Familie kam, so sollte ich doch einen ordentlichen Wortschatz haben. »Die anderen Wohnungen sind doch alle von den Amerikanern r re…« »Requiriert«, half Mutti weiter. Schließlich sagte sie nichts mehr und seufzte nur noch tief. Sie dachte an meinen gefallenen Bruder, mit dem ihr Ähnliches nie und niemals widerfahren wäre. Zuhause angekommen trennten sich unsere Wege. Mutti ging in die Wohnung, um das Mittagessen vorzubereiten. Ich setzte mich neben das Haus auf ein Bänkchen, das von der Maisonne wohlig angestrahlt wurde. Was nun folgte, war eine geradezu andächtige Handlung. Ich nahm das Stück Schokolade, das mir der pädagogisch engagierte Farbige zugesteckt hatte und das schon etwas weich geworden war. Ich roch vorsichtig daran, befühlte es und leckte schließlich daran. Es war das erste Stück Schokolade meines Lebens. Es schmeckte wie Schlaraffenland und Paradies gleichzeitig und mag eine der Ursachen dafür sein, dass ich mir für den Rest meines Lebens so viel Sympathie für Farbige bewahrt habe. Heimlich nahm ich mir vor, bei Gelegenheit den Farbigen wieder zu besuchen, aber es wurde nichts daraus. Meine Eltern nutzen die vormittägliche Ausgangszeit, um in den Schrebergarten zu kommen, wo wir uns den ganzen Tag im Freien aufhalten konnten, die abendliche Ausgangszeit nutzten wir, um wieder nach Hause zu kommen. Als es sich viel später ergab, dass ich doch zum Schulhaus gehen konnte, standen Lastwagen davor, die Farbigen schleppten Kisten, Kästen und Säcke aus dem Haus, um sie auf den Lastwagen zu verstauen. Alle lachten und waren allerbester Laune. Kein Wunder, es ging in Richtung Heimat, wo Eltern, Bräute, Ehefrauen oder Kinder sehnsüchtig warteten. Den amerikanischen Vollblutpädagogen, der seine Freizei lieber dazu nutzte, deutschen Kindern amerikanische Vokabeln beizubringen, als Karten zu spielen oder sich in der Sonne zu aalen, habe ich nie wiedergesehen.

Zur Besatzungszeit durch die Amerikaner gehörten natürlich auch die nächtlichen Hausdurchsuchungen. Immer, wenn es in den frühen Morgenstunden an unserer Haustür Sturm klingelte, hieß das »Hausdurchsuchung.« Ich sprang immer sofort als erste aus dem Bett, öffnete den boys aus Übersee die Tür, begrüßte sie mit mehreren Freudensprüngen, denn schließlich brachten sie Abwechslung in mein Dasein und Abwechslung war immer willkommen. Die Freudensprünge wurden von den

Parterremietern ausnahmsweise nicht mit Klopfzeichen gegen die Decke quittiert, weil die selber Hausdurchsuchung hatten und die im ganzen Haus herumlaufenden Amerikaner einen Heidenkrach machten. Wenn Mutti und Vati auch langsam wach wurden, war die Hausdurchsuchung immer schon in vollem Gange. Damit mir auch ja nichts entging, hielt ich mich immer dicht hinter den Soldaten. Ich sah ihnen zu, wie sie lustlos und müde Schubladen und Schränke durchwühlten. Gelegentlich handelte ich mir auch einen Rempler ein, den die Amerikaner mit einem höflichen »sorry« quittierten. Wenn die Soldaten die Wohnung verließen, hatten mich meist einige schon in ihr Herz geschlossen. Sie durchwühlten beim Abschied ihre Hosentaschen nach Drops oder Kaugummis, die sie mir schenkten. Einmal fand einer keine Süßigkeiten in der Tasche, sondern eine angebrochene Schachtel Zigaretten, die er mir gab. Zwölf Stück waren noch drin. Ich gab die Zigaretten weiter an Mutti, die sich auf dem Schwarzen Markt gut auskannte. Sie verließ am nächsten Morgen mit den Zigaretten das Haus und kam eine Stunde später mit einer Dose Schweinefett wieder, die sie im Tausch gegen die Zigaretten bekommen hatte. Eine Kostbarkeit in dieser Zeit! Eine Zeitlang gab es mittags Bratkartoffeln, die in Fett gebraten waren, und abends bekam jeder ein dünn bestrichenes Fettbrot. »Kinderlieb sind sie ja, die Amerikaner«, meinte Vati. »Wenn du morgens um 4 Uhr anständige Bürger aus dem Schlaf klingeln, ihre Schränke und Schubladen durchwühlen und dann noch mit Freudensprüngen empfangen würdest, dann wärst du auch kinderlieb«, entgegnete Mutti. »Stimmt«, gab Vati zu. Mutti passte es gar nicht, wie ich mich während der Hausdurchsuchungen verhielt. »Kind«, seufzte sie, »musst du denn immer im Nachthemd und mit bloßen Füßen zwischen den Soldaten herumwuseln, aus dir wird nie eine Dame.« Eine Dame wollte ich zu diesem Zeitpunkt auch gar nicht werden. Und dann kam der

Tag, an dem die Amerikaner bei ihren Hausdurchsuchungen fündig wurden. Meine Patentante Mathilde hatte für Amerikaner Wäsche gewaschen und war dafür in Form von Zigaretten und Seife entlohnt worden. Ein Stück dieser Seife hatte sie meinem Vater geschenkt. Dieses also fanden die Amerikaner bei uns. Das »corpus delicti« wurde auf den Küchentisch gelegt, gründlich von allen Soldaten beschnuppert, befühlt, in der Hand gewogen, wieder beschnuppert. Schließlich stand eindeutig fest, dass es sich um ein amerikanisches Stück Militärseife handelte, gefunden in der Nachttischschublade eines deutschen Zivilisten. Der Anführer der Gruppe tippte meinem Vater mit dem Zeigefinger auf die Brust und radebrechte: »Du musst koumen Kommandant.«

Vati durfte sich noch schnell anziehen, anschließend nahmen ihn die Soldaten mit. So kam es, dass Mutti und ich um vier Uhr morgens im Nachthemd am Küchentisch saßen und uns Sorgen um Vati machten. Wenn der Kommandant nun kein Deutsch verstand? Wenn er die Sache mit der Wäsche waschenden Tante nicht glaubte? In dieser Stunde allertiefster Not erinnerte ich mich an die Gebetsfetzen aus dem Luftschutzkeller. Ich bat die Jungfrau Maria, meinem Vater beizustehen, jetzt und in der Stunde seines Todes. Vor allem natürlich jetzt! Sie möge doch bitte dafür sorgen, dass der Kommandant Deutsch versteht und die Sache mit der Wäsche waschenden Tante glaubt. Im Gegenzug wollte ich künftig keine Freudensprünge in der Wohnung mehr unternehmen und meinen Eltern verzeihen, wenn sie mich völlig zu Unrecht als »missratenes Kind« bezeichneten. Sebstverständlich wollte ich auch kein einziges Mal mehr am Essen mäkeln und Spinat immer bis zum letzten Krümel aufessen. Die Jungfrau Maria erhörte mein Gebet. Nach einer halben Stunde war Vati wieder da. Der Kommandant hatte ihm geglaubt und ihm auch die Seife wieder mitgegeben. Als wir Vati und Seife wiederhatten, war es fünf Uhr morgens. Es dämmerte schon und wir wussten nicht, ob wir aufbleiben oder wieder ins Bett gehen sollten. Wir legten uns nach dieser Aufregung aber doch noch einmal ins Bett und schliefen noch eine Runde.

Und dann kam der Tag, an dem die Amerikaner tatsächlich etwas bei uns hätten finden können, aber nicht fanden, weil wir es so gut versteckt hatten. Eines Abends, ich war schon im Bett und ein bisschen eingedöst, da hörte ich, dass die Wohnungstür ging. Daran war nichts Besonderes. Vati hatte einige Lehrerinnen nach Hause begleitet, die uns besucht hatten, und kam nun zurück. Aber plötzlich bemerkte ich, dass meine Eltern die Stimmen absenkten und im Flüsterton weitersprachen. Das machte mich hellhörig. Putzmunter sprang ich aus dem Bett und lauschte an der Tür. Ich konnte beim besten Willen nichts verstehen und öffnete vorsichtig die Tür einen winzigen Spalt. Mutti sah es wie immer sofort. »Ach das fürchterliche Kind«, stöhnte sie. Das »fürchterliche Kind« wusste nicht, ob es weinen, lachen oder entsetzt sein sollte. Der nachkriegsdürre Vater stand in der Küche und war plötzlich kugelrund. Bei näherer Betrachtung erkannte ich auch den Grund für diese plötzliche Veränderung. Vati hatte mehrere amerikanische Militärpullover an und viele dicke, amerikanische Wollschals um den Leib gewickelt. Mutti war ihm beim Ablegen der Kleidungsstücke behilflich. Vati erzählte im Flüsterton, dass er auf dem Nachhauseweg gewesen sei, als von einem amerikanischen Lastwagen eine Kiste herunterfiel. Diese habe er aufgehoben, in einen dunklen Hausflur gezerrt und geöffnet. In der Kiste waren fünf olivfarbene amerikanische Militärpullover und fünf Wollschals. Um die Kleidungsstücke relativ unauffällig nach Hause transportieren zu können, habe er sie angezogen. Als Vati endgültig entblättert war und die Sachen auf dem Tisch lagen, war klar, dass sie aus der Wohnung verschwinden müssten, und zwar sofort, denn mit Hausdurchsuchungen musste jederzeit gerechnet werden. Wenn die Amerikaner diese Kleidungsstücke bei uns gefunden hätten, dann wären wir dran gewesen. Noch am selben Abend brachte Vati die Sachen in den Holzschuppen, wo er sie hinter dem Brennholz versteckte, wissend, dass sie dort nicht lange bleiben durften, weil der Schuppen feucht war und die Wollsachen modrig geworden wären. An den folgenden Abenden herrschte in unserer Wohnung rege Tätigkeit. Mutti und ich trennten gemeinsam jeweils ein Kleidungsstück auf, was gar nicht so einfach war, weil die Sachen angeraut und leicht verfilzt waren. Die aufgetrennte Wolle kam sofort in einen Topf mit dunkelblauer Farbe. Die blau eingefärbte Wolle aber war völlig unverfänglich. Da konnte die Hausdurchsuchung jederzeit kommen. Als alle Sachen aufgetrennt und dunkelblau eingefärbt waren, strickte Mutti mir unter anderem ein dunkelblaues Wollkleid mit einer Bordüre aus roten Wollmännchen. Das Kleid wurde überall bewundert und über die Herkunft der blauen Wolle musste man ja nicht sprechen. Da der Frühling des Jahres 1945 angenehm warm war, bestand zunächst keine Notwendigkeit zu heizen. An einem kühlen und nassen Maiabend aber klingelte es an unserer Wohnungstür. Davor standen zwei Amerikaner, die Holzscheite und Briketts in den Händen hielten. Da die Amerikaner kein Deutsch und meine Eltern kein Englisch verstanden, dauerte es eine Weile, bis eine Verständigung zustandekam. Schließlich war klar, was die Amerikaner wollten. Sie froren in ihrer Wohnung, wollten Feuer im Ofen machen, konnten es aber nicht, weil sie zuhause wohl alle eine Zentralheizung hatten. Vati ging also mit den Amerikanern mit. Ich natürlich auch! Vati öffnete die Ofentür. Die Asche des vorangegangenen Feuers war noch drin. Vati betätigte einen Hebel, der den Rost so lange hin und her rüttelte, bis die gesamte Asche in den darunter befindlichen Aschenkasten gefallen war. Die verbliebenen Schlackenreste holte er mit der Hand heraus. Die Amerikaner standen um ihn herum und beobachteten voller Spannung jeden Handgriff. Vati knüllte Papier zusammen, legte ganz dünnes Holz darauf und zündete das Ganze an. Mein Vater hatte nicht bemerkt, dass einige der Amerikaner das Zimmer verlassen und auf die Straße gelaufen waren. Als Vati noch überlegte, ob er schon ein dickeres Scheit darauflegen könne oder nicht, da ertönte von der Straße her vielstimmiger Jubel. Die Amerikaner, allesamt an Zentralheizungen gewöhnt, hatten sich nämlich nicht vorstellen können, dass aus dem Schornstein oben auf dem Dach tatsächlich Rauch herauskommt, wenn man unten im Ofen ein Feuer anmacht. Nun war der erste dünne Rauchfaden oben aus dem Schornstein gekommen und die Amerikaner freuten sich wie die Kinder. Vati blieb noch, bis das erste Brikett angefangen hatte zu glühen, anschließend verabschiedete er sich. Die Amerikaner feierten ihn wie einen Helden. Sie boten ihm Bier und Whiskey aus Flaschen und Zigaretten an. Vati, der Nichtraucher war, nahm die Zigaretten dankend an. Man konnte sie auf dem Schwarzen Markt gegen Lebensmittel eintauschen. Ich nahm Vati an der Hand und war sehr stolz. Vati war ein Held und ich war seine Tochter.

Die mangelnden Sprachkenntnisse auf amerikanischer und deutscher Seite führten immer wieder zu den abenteuerlichsten Missverständnissen. Eines Tages standen zwei Amerikaner vor der Tür, die »Grieß« haben wollten. Mutti ging zum Küchenschrank, holte die Glasschütte heraus, in der sie Grieß aufzubewahren pflegte, wenn sie denn welchen hatte. Sie zeigte den Amerikanern den leeren Glasbehälter, in dem noch einige kümmerliche Grießkörnchen klebten. Damit wollte sie ihnen sagen, dass sie keinen Grieß habe. Die Amerikaner waren unzufrieden. »Grieß« wiederholten sie immer wieder »Grieß«. Mutti zeigte ratlos auf den leeren Grießbehälter. Auch die Amerikaner waren ratlos. Endlich hatte der eine der beiden eine rettende Idee. Er nahm ein Messer, tat, als würde er damit etwas abschneiden und streifte das Messer am Rand einer Pfanne ab. »Fett«, rief Mutti. »Fett«, riefen die Amerikaner. Mutti holte einen Margarinebecher, in dem noch einige Margarinereste klebten. Enttäuscht fragten die Amerikaner: »Das alles?« Mutti nickte. Die Amerikaner winkten dankend ab und verließen unsere Wohnung. Als ich später im Englischunterricht auf die Vokabel »grease = Fett« stieß, da hatte ich keine Mühe, mir dieses Wort einzuprägen.

In einem Punkt ignorierten die Amerikaner das Fraternisierungsverbot völlig, nämlich dann, wenn es um den Kontakt von Amerikanern zu jungen Frauen und Mädchen ging. Als die Besatzungssoldaten der ersten Generation, die zur kämpfenden Truppe gehörten, allmählich abgezogen und durch Verwaltungskräfte ersetzt wurden, da gingen viele Mädchen als Kriegsbräute mit nach Amerika. Einige machten ihr Glück, viele kamen nach einiger Zeit enttäuscht zurück. Heute noch denke ich manchmal an die Besatzungssoldaten: an den pädagogisch engagierten Farbigen, der mir die erste Schokolade meines Lebens schenkte, an den Hausdurchsucher, der eine angebrochene Schachtel Zigaretten für mich auf den Tisch legte. »Ob sie heute noch am Leben sind? Was aus ihnen geworden ist?« Eines kann man nicht deutlich genug zum Ausdruck bringen: Die Amerikaner wurden immer und überall ihrem Ruf als Gentlemenbesatzer voll gerecht.

Sommer 1945

Schon im Herbst 1944 hatten meine Eltern einen Schrebergarten gepachtet. Er lag etwas außerhalb der Stadt an der Saale. Ursprünglich sollte er nur dazu dienen, den mageren Speiseplan durch Obst und Gemüse etwas anzureichern. Tatsächlich aber sollte er eine viel größere Rolle in unserem Leben spielen. Als es nämlich auf den Sommer zuging, wurde die noch immer für deutsche Zivilisten geltende Ausgangssperre immer lästiger, zumal unsere Schrumpfwohnung noch immer nur zwei Zimmer hatte. Eines Tages hatten meine Eltern die Idee, die vormittägliche Ausgehzeit für den Hinweg und die nachmittägliche für den Rückweg zum Schrebergarten zu nutzen. So waren wir den ganzen Tag an der frischen Luft. Meine Eltern bearbeiteten den Garten, während ich spielte. Mittags wurden auf einem Spirituskocher Kartoffeln gekocht, dazu gab es die übliche Grünkernsuppe, die in der freien Natur etwas besser schmeckte als daheim. Die harte körperliche Arbeit tat Vati gut. Sie ließ ihn zumindest zeitweise seine Existenzsorgen vergessen. Seit man ihn nach dem Einmarsch der Amerikaner wegen seiner Angehörigkeit zur NSDAP fristlos entlassen hatte, war er völlig ahnungslos, wie es denn mit ihm beruflich weitergehen sollte. Erkundigungen bei verschiedenen Ämtern brachten kein Ergebnis: Spruchkammerverfahren und Entnazifizierung abwarten, dann weitersehen! Das war die stereotype Antwort, die Vati auf alle Anfragen bekam. Dass Vati kein Geld verdiente, war das geringere Problem. Wenn er gearbeitet hätte, wäre er in Reichsmark entlohnt worden und mit diesem Geld konnte man sowieso nichts anfangen. Dass Vati aber so gar keine Ahnung hatte, wie es beruflich mit ihm weitergehen sollte, das belastete ihn schon sehr.

Während meine Eltern den Garten bearbeiteten, genoss ich die ungezügelte Freiheit in Gottes schöner Natur. Ich bekam ein eigenes Beet, das ich nach meinem eigenen Gutdünken bepflanzen durfte. Zu meiner Schande muss ich jedoch gestehen, dass es wohl mit der Zeit völlig im Unkraut versunken wäre, wenn meine Eltern sich nicht von Zeit zu Zeit erbarmt und das Unkraut entfernt hätten. Wenn es mir im Garten nicht mehr gefiel, ging ich an die Saale, die neben der Schrebergartenanlage vorbeifloss. Ich zog Schuhe und Strümpfe aus und watete darin herum. Manchmal fing ich »Stecknädelchen.« Das waren kleine Fische, die in der Saale in Scharen herumschwammen. An sehr heißen Tagen zog ich meine Kleider ganz aus und paddelte, nur mit einem Badehöschen bekleidet, in der Saale herum. Oft pflückte ich Blumensträuße, die mit der Zeit immer üppiger und kunstvoller zusammengestellt waren und die ich am Abend mit nach Hause nahm. Angst vor dem »Bösen Mann« brauchte man in dieser Zeit nicht zu haben. Männer im fortplanzungsfähigen Alter fehlten fast ganz. Sie waren noch in Gefangenschaft. Außerdem hatte Hitler alle Männer, die sexuell in irgendeiner Weise auffällig waren, auf seine Weise unschädlich gemacht. So brauchten sich meine Eltern keine Sorgen zu machen, wenn ich ohne Aufsicht an der Saale spielte. Wenn ich genug gespielt hatte, setzte ich mich auf die Gartenbank und las. Seit dem peinlichen Vorfall mit der Jugendlust achteten meine Eltern etwas besser auf meine Lektüre und brachten mir von Zeit zu Zeit auch von irgendwoher ein gebrauchtes Buch mit. Dass ich so viel las, war meinen Eltern ganz recht, denn eine Schule hatte ich schon seit Monaten nicht mehr von innen gesehen.

Ein Vorfall aus dieser Zeit sollte noch erwähnt werden. Unser Gartenhäuschen war aus Stein gebaut und hatte unter dem Dach sogar einen kleinen Speicher, der durch eine Holzdecke vom übrigen Häuschen getrennt war. In diesem Speicherraum krabbelte ich eines Tages herum, als ein merkwürdiges, nie vorher gesehenes Gebilde meine Aufmerksamkeit auf sich zog. Es handelte sich um einen runden Gegenstand aus grauem Papier, der zwischen den Balken des kleinen Speichers hing. Ich beobachtete das Gebilde sehr lange und sehr sorgfältig. Die Neugier wuchs und wuchs, wurde schließlich unbezähmbar und schließlich bohrte ich ein winziges, wirklich nur ein ganz winziges Löchlein in das runde Gebilde. Sofort war ich von einem Schwarm summender Wespen umgeben. Ich stürzte aus dem Gartenhäuschen, rannte die Wege entlang, verließ die Schrebergartenanlage und war schon fast in Nähe des Kinderheimes Marienberg, als die letzten Verfolgerwespen von mir abließen. Meine Eltern erkannten alsbald, was passiert war. Ich hatte ein Wespennest angebohrt. Mutti kühlte meinen Arm, bis die allerschlimmsten Schmerzen vorbei waren. »15 Wespenstiche«, zählte Mutti später. Das hätte schlimm ausgehen können. »Nomen est Omen«, entgegnete Vati. 15 Wespen können doch unser Bärchen nicht umwerfen.« Mutti machte mir eine Armschlinge, in die ich meinen maltraitierten Arm hineinlegen konnte. Mit dem Arm in der Schlinge ging ich am Abend stolz nach Hause. »15 Wespenstiche«, erzählte ich jedem, der es wissen und jedem, der es nicht wissen wollte. »Und ich habe fast gar nicht geweint.«

Als der Oktober mit Regen und Wind Einzug hielt, gingen wir nicht mehr in den Schrebergarten, sondern blieben wieder zu Hause. Eines Tages verkündeten amtliche Schreiben, die an Zäunen und Bäumen befestigt waren, dass die Schule wieder beginnen solle. Ich begab mich also am fraglichen Tag wieder in die Schule. Obwohl ich im ersten Schuljahr kein Zeugnis bekommen hatte, und demzufolge auch gar nicht ordnungsgemäß versetzt worden war, stellte ich mich einfach da auf, wo die zweiten Klassen sich aufzustellen pflegten und ging nun in die 2. Klasse. In diesen bewegten Zeiten fragte kein

Mensch nach einer Bagatelle wie einem Versetzungszeugnis. Andere Probleme hatten Vorrang. Problem Nr. 1 war nach wie vor: »Woher bekommt man etwas zu essen für den nächsten Tag?«

Weihnachten 1945/46

Es war das erste Weihnachtsfest nach dem Krieg, das erste, in dem die Waffen schwiegen. Eigentlich hätte es ein besonders friedliches und fröhliches Weihnachtsfest werden können, aber fast alle Menschen im Land hatten Sorgen. Väter und Söhne waren im Krieg gefallen, wurden vermisst oder befanden sich in Gefangenschaft. Diejenigen, die wussten, dass die Väter und Söhne am Leben und in Gefangenschaft waren, hatten noch die wenigsten Sorgen. Sie durften noch hoffen, obwohl niemand wusste, was man sich unter Gefangenschaft eigentlich vorzustellen hatte. Dauerte sie ein Jahr, zehn Jahre, lebenslänglich? Viele Soldaten waren vermisst. Sie konnten tot sein. Sie konnten in einem Gefangenenlager in Sibirien oder in einem anderen Teil der Welt sein. Ungewissheit und Sorgen überall! Mutti hatte ihren besonderen Kummer. Anfang Dezember 1945 hatte sie eine Mitteilung vom Roten Kreuz bekommen, dass ihr Bruder Otto, der seit Stalingrad vermisst war, in einem Gefangenenlager in Sibirien gestorben sei. Als das Rote Kreuz uns später die wenigen Habseligkeiten meines Onkels Otto überbrachte, war auch ein Stück Papier dabei, auf das die Schwarzenbacher Kirche detailgetreu gezeichnet war. Mutti schossen die Tränen aus den Augen beim Anblick dieser Zeichnung und auch mein Vater, dem der Schwager nicht so nahe stand wie meiner Mutter der Bruder, musste sein Taschentuch herausnehmen und sich die Augen wischen. Zu all diesen Sorgen kam, dass die Lebensmittelrationen zum

Überleben einfach nicht mehr ausreichten. »Friedhofskarten« oder »Grabkarten« nannte sie der Volksmund. Meine Eltern trauerten noch immer um meinen Bruder. Ich hatte Verständnis für die Trauer meiner Eltern und gab mir Mühe, sie nicht zu sehr zu »nerven.« Außerdem hatte ich von Anfang an gelernt, dass es Situationen gab, in denen ich die zweite Geige zu spielen hatte. Als es auf Weihnachten zuging, flüsterten meine Eltern miteinander. »Wir können Weihnachten nicht einfach ausfallen lassen«, flüsterten sie. Ursula ist auch unser Kind und wir haben sie doch über unserer Trauer sehr vernachlässigt. Mutti nahm sich Zeit für mich. Sie erklärte mir, dass das Christkind unter der allgemeinen Not natürlich auch litt, dass die Läden leer seien und auch das Christkind große Mühe habe, den Kindern etwas zu bringen. Anschließend fragte Mutti mich nach meinen Wünschen. Ich wünschte mir eine bestimmte Kinderbibel, die den Namen »Gottbuch« trug und neue Buntstifte. Weitere Wünsche hatte ich nicht. Als meine Eltern damit begannen, »dem Christkind zu helfen«, war das erste Problem, dass es nirgendwo Kerzen zu kaufen gab, nicht einmal auf dem Schwarzen Markt, wo man fast alles haben konnte. Also machte Vati sich daran, alle Kerzenstummel im ganzen Haushalt einzusammeln. Er schmolz sie zusammen und goss sie in kleine Pappröhren, die er selbst hergestellt hatte. Heraus kamen acht schmutziggraue Kerzen. Den Weihnachtsbaum »organisierte« Vati im Wald. Dass unter diesen Umständen meine Wünsche erfüllt würden, damit rechnete ich nicht. Mutti hatte recht. Wenn die Läden leer sind, kann auch das Christkind nichts kaufen. Um 16 Uhr ging ich am Heiligen Abend in den Weihnachtskindergottesdienst. Als ich gegen 18 Uhr nach Hause kam, erwartete mich in unserer armseligen Kriegswohnküche ein wahres Wunder. In einer Ecke stand ein Christbaum, wunderbar geschmückt mit brennenden Kerzen. Dass die meisten Attrappen waren, weil die acht richtigen zu kümmerlich gewirkt hätten, das sah ich erst am nächsten Tag. Die Puppenstube, die an Weihnachten immer heruntergeholt wurde, stand festlich im Raum und als ich genauer hinsah, bemerkte ich, dass die Töpfe der Puppenküche mit kleinen, bunten Zuckerkugeln gefüllt waren. Ich konnte mein Glück kaum fassen. »Guck doch mal auf den Küchentisch«, ermunterte mich Mutti. Was ich nicht zu hoffen gewagt hatte, die Sachen, die ich mir gewünscht hatte, lagen da. Die Kinderbibel war nicht mehr ganz neu, aber es war genau die, die ich mir vorgestellt hatte. Die Buntstifte waren auch nicht ganz neu, was man daran sah, dass sie unterschiedlich lang waren. Die Schachtel, in der sie steckten, hatte früher wohl mal anderen Zwecken gedient, aber Vati hatte sie liebevoll mit rotem Buntpapier beklebt. Viele Weihnachtsfeste habe ich in meinem Leben gefeiert, alle waren auf ihre Weise schön. Aber so schön wie dieses Weihnachtsfest war wohl kein anderes. Mit meinen schönen neuen Buntstiften malte ich ein Bild: ein kleines Haus mit einem großen Garten, im Garten spielten Kinder, vor dem Haus stand ein kleines rotes Auto. In der Ecke des Bildes befand sich eine Palme im gelben Sand und neben dem Sand waren die blauen Wellen eines Meeres abgebildet. »Das alles wünsche ich mir, wenn ich groß bin«, erklärte ich meinen Eltern. »Ich will ein Haus mit Garten, ein kleines Auto, Kinder und irgendwann im Leben möchte ich dahin reisen, wo es Palmen und Meer gibt.« Meine Eltern sahen mich mitleidig an. »Das werden wohl Träume bleiben müssen«, meinten sie. Alle diese Wünsche wurden später aber doch erfüllt und meine Eltern haben es noch miterleben dürfen.

Fringsen, Organisieren, Hamstern

Das Wort »Fringsen« geht auf den Kölner Kardinal Frings zurück, der seinen Schäfchen erlaubt hatte, auch zu unerlaubten Handlungen zu greifen, wenn es der Erhaltung des nackten Lebens dient. Während man also in den Großstädten, speziell in den katholischen, »fringste«, wurde im evangelischen Frankenstädtchen Schwarzenbach »organisiert.« Der Sinn war in etwa der gleiche. Man verschaffte sich auf Wegen, die etwas außerhalb der Legalität lagen, Dinge, die man zum Überleben brauchte, in der Hauptsache natürlich Lebensmittel und Heizmaterial.

Im Herbst 1945 musste jedem klar sein, dass die Lebensmitelrationen, die man für die »Friedhofskarten« bekam, zum Überleben einfach nicht mehr ausreichten. Dass die Siegermächte einen Plan in der Schublade hatten, der sich »Morgenthauplan« nannte und der vorsah, Deutschland auszuhungern und in einen wirtschaftlich und politisch unbedeutenden Agrarstaat umzuwandeln, wusste damals keiner. Das erfuhr ich erst viele Jahre später, als ich bereits Schülerin der Oberprima war und ein mutiger Geschichtslehrer es wagte, auch Themen der neueren Geschichte zu unterrichten.

Damals im Herbst 1945 war nur klar, dass man, wenn man überleben wollte, »organisieren« musste. Da die Kartoffelrationen, die pro Kopf ausgegeben wurden, lächerlich klein waren, andererseits die Kartoffel unser Haupt- und Grundnahrungsmittel war, begannen wir im Herbst 1945 mit dem »Organisieren« von Kartoffeln.« Zu diesem Zweck meldete sich Mutti bei einem Bauern zur Erntehilfe an, genauer gesagt zum Kartoffellesen. Mutti ging hinter der Maschine her, die den Boden aufwühlte. Die von der Maschine herausgeworfenen Kartoffeln musste sie auflesen und in einen Korb werfen. Wenn sie aber das Ende des Ackers erreicht hatte, warf sie einige der Kartoffeln auf die Wiese, wo ich saß, die Kartoffeln auflas und zu Vati brachte, der mit zwei großen Segeltuchtaschen im Wald wartete. Ohne meine Mitwirkung wäre diese Form des Organisierens gar nicht möglich gewesen. Das am Feldrand spielende Kind erregte keinen Verdacht und Vati hielt sich immer gut im Wald versteckt. Wenn zwei große Segeltuch-taschen voll waren, fuhr Vati sie mit dem Fahrrad heim. Als die Kartoffelernte vorbei war, hatten wir genügend Kartoffeln »organisiert«, um über den Winter zu kommen.

Auf ähnliche Weise »organisierten« wir einen Handwagen voller Zuckerrüben. Mutti versuchte, aus den Rüben Sirup herzustellen, aber es gelang ihr nicht recht. Eine Sirupfabrik befand sich in Wurlitz, einer Ortschaft, die 20 km entfernt und mit einem öffentlichen Verkehrsmittel nicht zu erreichen war. Dorthin mussten wir die Zuckerrüben bringen. Daran führte kein Weg vorbei. Ganz früh am Morgen machten wir uns auf den Weg. Vati und Mutti zogen den Handwagen mit den Zuckerrüben. Ich lief nebenher. Gegen Mittag hatten wir die Sirupfabrik in Wurlitz erreicht, wo man uns die Rüben gegen einen 5 l-Eimer Sirup umtauschte. Auf dem Rückweg verlie-fen wir uns, gerieten in die Dunkelheit und kamen erst gegen Mitternacht wieder zu Hause an. »Nomen est Omen«, meinte Vati. Da läuft unser Bärchen fast 16 Stunden am Stück, ohne auch nur ein bisschen zu quengeln. Unsere kümmerliche Brot-ration versuchten wir, durch Ährenlesen aufzubessern. Wenn die Bauern mit der Getreideernte fertig waren, sammelten wir die liegengebliebenen Ähren ein, droschen sie zuhause aus und tauschten die Getreidekörner gegen Mehl um. Der Erfolg un-serer Ährenleseaktionen war aber eher bescheiden. Überleben konnte man mit diesen kümmerlichen Mehlrationen nicht.

Sorgen machte uns auch das Heizmaterial. Die Rationen an Kohlen und Brennholz, die man offiziell zugeteilt bekam, reichten auch bei sparsamster Verwendung nicht aus, um auch nur ein Zimmer einen Winter lang einigermaßen warm zu halten. Also machten wir uns wieder mit dem Handwagen auf den Weg. Der Haken bei der Sache war nur, dass man eigentlich einen Hozleseschein brauchte. Holzlesescheine bekam man aber nur mit viel Glück, weil die Ausgabe dieser Scheine recht begrenzt war. Wenn wir einen Holzleseschein ergattert hatten, der jeweils nur für eine Woche galt, konnten wir das aufgelesene Holz ganz offen auf den Handwagen legen und nach Hause fahren. Man brauchte sich nicht vor eventuellen Beobachtern zu fürchten. Wurde man nach dem Holzleseschein gefragt, zog man ihn guten Gewissens aus der Tasche. Schwieriger war die Sache, wenn wir keinen Holzleseschein mehr bekommen hatten. In diesem Fall mussten wir das aufgelesene Holz sorgfältig in Rucksäcken oder Segeltuchtaschen verstecken. Wenn Menschen auftauchten, musste das Auflesen von Ästen sofort unterbleiben. Man mimte den harmlosen Spaziergänger, der sich im Wald vergnügte. Das war nicht verboten. Dazu brauchte man keinen Holzleseschein.

Trotz unserer vielfältigen Organisiertätigkeiten kam der Tag, an dem wir die Kartoffeln einfach nicht mehr hinunterbrachten. Da nützten auch Vatis Ratschläge nichts: Grünkernsuppe auf den Löffel, ein kleines Kartoffelstück darauflegen, das Ganze in den Mund und möglichst schnell hinunterschlucken. Mutti bekam Ohnmachtsanfälle vor Hunger, bei Vati schlotterten die Anzüge und bei mir konnte man die Rippen zählen.

In dieser Not entschloss Mutti sich zum Äußersten. Auf dem Speicher standen zwei fast noch volle Truhen mit allerfeinster Aussteuerwäsche. Wenn wir gar nichts mehr zu essen hatten, holte Mutti einige der teuren Wäschestücke heraus, Vati packte sie in einen großen Rucksack und fuhr damit »aufs Land.« Wenn er wieder nach Hause kam, brachte er Schweinefett, Speck, manchmal auch Blutwurst und Eier mit. Damit konnten wir wieder eine Zeitlang überleben. Mutti hatte bei derartigen Aktionen kein gutes Gefühl. »So hat meine Mutter sich das nicht vorgestellt«, seufzte sie manchmal. Vati musste dann immer trösten: »Wenn sie noch am Leben wäre, würde sie es auf jeden Fall gutheißen.« Und auch ich war ganz sicher, dass Großmutter mit ihrem gütigen Gesicht auf uns herabsah und die Zweckentfremdung der teuren Aussteuerwäsche wohlwollend billigte.

Später trug auch der Schrebergarten sein Scherflein zur Ernährung bei. Wir ernteten Johannisbeeren, Pflaumen und Gemüse. Wenn die Johannisbeeren reif waren, bildeten wir ein richtiges Team. Ich pflückte die Beeren, Vati fuhr die vollen Eimer mit dem Fahrrad heim und Mutti weckte die Früchte, leider ohne Zucker, ein.

Als im Jahr 1948 die Währungsreform der Hungersnot ein Ende bereitete, waren Muttis Aussteuertruhen fast leer. Auch ein teurer Orientteppich hatte den Weg »aufs Land« angetreten. Aber wenigstens waren wir nicht verhungert.

Die ersten Kriegsheimkehrer

Eines Tages, im Frühling 1946, klingelte es an der Wohnungstür. Ich öffnete. Vor der Tür stand Onkel Heiner, der Bruder meiner Mutter. Anstatt ihm um den Hals zu fallen und ihn mit Freudensprüngen zu begrüßen, wie es sonst meine Art war, stand ich völlig verdattert da. Schließlich rief ich: »Mutti, Onkel Heiner steht vor der Tür.« »Mit so was macht man keine Witze«, tadelte mich Mutti. Aber dann kam sie doch. Nun stand auch Mutti wie versteinert da, denn Kriegsheimkehrer waren zu dieser Zeit sehr selten. »Heiner du?«, fragte Mutti. »Wo kommst du denn her?« Recht viel dümmer hätte man gar nicht fragen können. Es dauerte mehrere Sekunden, bis die beiden Geschwister sich in den Armen lagen und Freudentränen weinten. »Was ist denn überhaupt los?«, beschwerte sich Onkel Heiner, nachdem die erste Begrüßungsfreude sich gelegt hatte. »Ich habe doch geschrieben, dass ich komme. Käthe und Gisela«, seine Frau und seine Tochter »sind nicht einmal daheim und ihr schaut mich an, als ob ich ein Gespenst wäre.« Onkel Heiner, der den Krieg an der Front und die Nachkriegszeit im Gefangenenlager verbracht hatte, war, wie viele Kriegsheimkehrer, der Meinung, dass zu Hause in der Heimat alles ganz normal weitergelaufen sei. »Die Post braucht Wochen, wenn sie denn überhaupt ihr Ziel erreicht«, klärte Mutti Onkel Heiner auf. Sie begann sofort, einen »festlichen Tisch« zu decken. Sie legte eine weiße Tischdecke auf, stellte einen silbernen Leuchter darauf, der für drei Kerzen gedacht war. In diesen Leuchter steckte sie das einzige Kerzenstummelchen, das sie noch gefunden hatte. Sie holte das gute Geschirr aus dem Schrank und deckte damit den Tisch. Anschließend kochte sie Malzkaffee. Dazu gab es Margarinebrote. »Ich hätte dich gern mit einem festlicheren Tisch empfangen,« entschuldigte sich Mutti. Dabei fand ich, dass der Tisch recht gut aussah. Man brauchte ein bisschen Phantasie, aber wenn man die hatte, dann war es ein richtiger Festtagstisch. Als wir am Tisch saßen, erzählte Onkel Heiner. Nach dem Ende der Kampfhandlungen hatte er sich zu Fuß von Italien aus bis in den fränkischen Raum durchgeschlagen. Hier, praktisch vor seiner Haustür, hatte ihn doch noch eine amerikanische Militärstreife geschnappt und in ein Gefangenenlager gebracht. Dort hatte man ihn einige Tage lang verhört. Als klar war, dass er wirklich nur ein normaler Obergefreiter und kein verkleideter Kriegsverbrecher war, verlor man das Interesse an ihm. Um den unnützen Esser schnell loszuwerden, hatte man ihm die Entlassungspapiere ausgestellt und nun war er da. Onkel Heiner war nicht allein gekommen, sondern hatte zwei »Kumpels«, wie er sie nannte, mitgebracht. Sie stammten aus Dresden und Leipzig, hatten aber schon längere Zeit nichts mehr von ihren Familien gehört. Da die Amerikaner keine Gefangenen in den russischen Sektor entließen, hatte Onkel Heiner unsere Adresse für Emil und seine eigene für Johann angegeben. Der Gesprächsstoff reichte für viele Stunden.

Gegen Abend machte Onkel Heiner sich auf in seine Wohnung und nahm Johann mit. Emil schlief bei uns auf dem Küchensofa. Am nächsten Tag machten sich Johann und Emil auf den Weg zur Suchstelle des Roten Kreuzes. Für Johann war der erste Besuch beim Roten Kreuz auch sein letzter. Bei einem schweren Bombenangriff auf Dresden war seine gesamte Familie ums Leben gekommen: Eltern, Geschwister, Nichten, Neffen und Tanten. Alle standen fein säuberlich auf der »Verlustliste.« Johann ging nach Hause und verfiel sofort in tiefste Depression. »Das muss man sich mal vorstellen«, sagte er immer wieder, »da kämpfe ich jahrelang an der Front in der allervordersten Reihe, wie viele Kugeln haben mich nur um Haaresbreite verfehlt, und ich sitze hier und die anderen..« Weiter kam er nie, dann schüttelten ihn die Weinkrämpfe. Er wusch und rasierte sich nicht mehr, aß, wenn man ihm etwas hinstellte, aß nichts, wenn man ihm nichts hinstellte. So ging das wochenlang. Tante Käthe sorgte dafür, dass er ab und zu die Unterwäsche wechselte und ein frisches Hemd anzog. Johann sprach auch kaum noch und wenn er sprach, dann immer denselben Satz: »Das muß man sich mal vorstellen..« Onkel Heiner gab sich große Mühe mit ihm. »Wenn deine Mutter noch lebte, würde sie sagen: Johann, du bist jung, du bist gesund, du hast einen guten Beruf erlernt, Metzger werden überall gesucht, such dir eine Arbeitsstelle und irgendwann lernst du ein nettes Mädchen kennen und gründest eine Familie.« Aber Johann wollte sich keine Arbeitsstelle suchen, er wollte sich nicht waschen und nicht rasieren und eine Familie wollte er schon gar nicht gründen. Er saß nur da und starrte trübselig vor sich auf den Boden. Eines Tages brachte Onkel Heiner aus Hof ein Blatt Papier mit. Es war eine Notausgabe der »Frankenpost.«Auf der Vorderseite standen einige politische Artikel, die keinen interessierten, weil es keine Pressefreiheit gab und alle Zeitungsartikel von der amerikanischen Militärregierung zensiert waren. Auf der Rückseite waren Anzeigen, hauptsächlich Tauschanzeigen: Fahrrad gegen Handwagen, Handwagen gegen Kinderwagen, Bett gegen Schrank. Es gab nichts, was nicht zum Tausch angeboten wurde. Zwischen diesen Anzeigen war eine, die Onkel Heiner rot angestrichen hatte. »Einheirat geboten!« Eine hübsche, adrette Metzgerstochter bot einem lieben und fleißigen Metzgergesellen oder Metzgermeister die Möglichkeit zur Einheirat. Onkel Heiner hielt Johann die Anzeige unter die Nase. »Du kannst dir doch die Metzgerstochter wenigstens mal ansehen«, schlug Onkel Heiner vor. Aber Johann wollte nicht einheiraten und eine Metzgerstochter interessierte ihn nicht, auch keine hübsche. Er saß weiterhin nur da, den Blick auf den Boden gerichtet, ungewaschen und unrasiert. Onkel Heiner betätigte sich als Kundschafter. Er machte die Metzgerei ausfindig, stellte fest dass die Metzgerstochter tatsächlich ausnehmend hübsch war und erstattete Johann Bericht. Aber Johann interessierte sich auch weiterhin nicht für Mädchen, auch nicht für hübsche. Da griff Onkel Heiner zu einer List. Er brachte Johann unter irgendeinem Vorwand dazu, sich ordentlich zurechtzumachen und mit ihm zusammen ein Cafe aufzusuchen. Die Metzgerstochter kam »rein zufällig« dazu. Nach diesem Treffen war Johann wie verwandelt. Er legte wieder Wert auf sein Äußeres und machte der Metzgerstochter einen Heiratsantrag, den diese sofort annahm, denn Johann war wirklich ein fescher Kerl. »So hätte es meine Mutter gewollt«, sagte er immer wieder. »Genauso hätte sie es gewollt.« Dabei strahlte er über das ganze Gesicht. Die Hochzeit wurde, den schlechten Zeiten angemessen, im kleinen Rahmen gefeiert und bald krähte auch schon der erste Nachwuchs in der Wiege. Wenn wir künftig in Hof waren, versäumten wir es nie, bei Johann eine Kleinigkeit einzukaufen. Als die beiden später in die Jahre kamen und ein paar Pfund zulegten, da waren sie ein rundes, gesundes, strahlendes Metzgerehepaar wie aus dem Bilderbuch.

Ganz anders verliefen die Geschicke von Emil. Nachts schlief er bei uns auf dem Küchensofa. Tagsüber sahen wir ihn kaum. Was heute merkwürdig klingt, war damals eine Selbstverständlichkeit. Jemand, der keine Bleibe hatte, schlief bei einem Anderen auf einer Matratze oder einem Sofa, mindestens eine Zeit lang. Emil verbrachte tagsüber fast seine gesamte Zeit bei den Suchdiensten des Roten Kreuzes, wo hauptsächlich ehrenamtliche Helfer fast Übermenschliches leisteten. Er suchte seine Familie und fand sie nicht. Das Haus, in dem seine Eltern zuletzt gewohnt hatten, existierte nicht mehr. Es war bei einem Bombenangriff zerstört worden. Wo aber waren seine Eltern? Stundenlang studierte Emil die Listen von Toten, Verletzten, Vermissten, von Menschen, die in einem Flüchtlingslager lebten oder gelebt hatten, die in einem Krankenhaus lagen oder gelegen hatten. Täglich wurden die Listen aktualisiert. Alle studierte Emil sorgfältig. Manchmal glaubte er, eine Spur gefunden zu haben, dann war er aufgekratzt. Führte die Spur wieder ins Nichts, war er niedergeschlagen. Wenn Emil ausnahmsweise nicht beim Roten Kreuz war, machte er sich im Haushalt nützlich. Er hatte Mutti seine Lebensmittelkarte gegeben und sie kochte für ihn mit. Manchmal spielte Emil mit mir auch »Mensch ärgere dich nicht« oder Halma, wobei er es stets so einrichtete, dass ich gewann. Nach drei Monaten gehörte Emil bereits zur Familie. Eines Tages kam er strahlend nach Hause. Er hatte seine Familie gefunden. Ein paar Tage später nahm er überschwänglich dankend Abschied. Alle umarmten ihn und wünschten ihm viel Glück für die Zukunft. Nur ich stand still daneben und sagte gar nichts. »Freust du dich denn gar nicht mit mir?«, fragte Emil. »Doch«, antwortete ich und dieses »doch« war eine glatte Lüge, denn ich hatte mich in Emil verliebt. Als ich ihn zum Abschied umarmte, nahm ich mir fest vor, ihn nach Erreichen der entsprechenden Altersgrenze zu heiraten. Dass ich ihn finden würde, daran hatte ich keinen Zweifel, schließlich kannte ich seinen Vornamen und so viele Emils würde es ja in Deutschland nicht geben.

Existenzsorgen

Kurz nach dem Einmarsch der Amerikaner hatte man meinem Vater schriftlich mitgeteilt, dass er wegen seiner Mitgliedschaft bei der NSDAP fristlos aus dem Beamtenverhältnis entlassen worden sei. Sofort danach hatte Vati sich bei allen möglichen Ämtern erkundigt, wie es denn beruflich mit ihm weitergehen solle. Alle zuckten die Achseln: Spruchkammerverfahren abwarten und dann weitersehen. Was das im Klartext hieß, wusste kein Mensch. Vati hatte schlaflose Nächte. Er war mit seinen 46 Jahren nicht mehr jung genug, um einen neuen Beruf zu erlernen. Außerdem musste er eine Familie ernähren. Wie würde es weitergehen, wenn er in seinem Beruf als Lehrer nicht mehr unterkam? In einer dieser schlaflosen Nächte hatte Vati eine Idee: Übersetzer für Englisch wurden dringend gesucht. Ob er als Übersetzer arbeiten könnte? Der Haken war nur, dass Vati nie Englisch gelernt hatte. Sein »Einjähriges«, wie man die mittlere Reife damals nannte, hatte er, der Mode der Zeit entsprechend, mit Französisch gemacht. In seiner Not beschloss Vati, Englisch zu lernen. Zeit hatte er mehr als genug. Die Englischbücher meines Bruders waren noch vorhanden, also machte Vati sich ans Werk. Ich will es gleich vorwegnehmen:

Die Erfolge seiner Bemühungen waren mehr als dürftig. Da Vati keinen Lehrer hatte, und ihm auch keine Tonträger wie Schallplatten oder Kassetten zur Verfügung standen, war er allein auf die Lautschrift in den Büchern angewiesen. Dabei konnte nicht viel herauskommen. Wenn Vati in späteren Jahren zur Erheiterung einer Gesellschaft beitragen wollte, trug er Kostproben seines damaligen Englischstudiums vor.

Im Frühling 1946 begannen die ersten Spruchkammerverhandlungen. Vati und Mutti besuchten jede dieser Veranstaltungen, soweit sie öffentlich waren. Von jeder dieser Verhandlungen kamen sie jeweils ganz entsetzt zurück. Die Spruchkammerurteile waren ausgesprochen hart. Langjährige, ja lebenslange Berufsverbote, wurden verhängt. Während Mutti meinen Vater zu den Spruchkammerverhandlungen begleitete, wurde ich zum Schlüsselkind, was mir aber ganz recht war. Auf diese Weise hatte ich die ganze Wohnung für mich. Im April 1946 wurde Vati davon benachrichtigt, dass seine Verhandlung im Sommer 1946 stattfinden sollte und zwar in nicht öffentlicher Sitzung. Das »nicht öffentlich« beruhigte Vati ein wenig. »Nicht öffentlich« wurden nur die sog. »kleinen Fische« verhandelt. Wenn Vati nicht gerade damit beschäftigt war, »aufs Land« zu fahren oder Lebensmittel zu »organisieren«, tippte er auf seiner Schreibmaschine eidesstattliche Versicherungen: »Hiermit versichere ich an Eides statt, dass mir Herr Pöhlmann während des Krieges verbotene Bücher ausgeliehen hat«, konnte man da zum Beispiel lesen oder: »Hiermit bestätige ich an Eides statt, dass Herr Pöhlmann mit dem Entzug des Schulleiterpostens bedroht wurde, weil er sich weigerte, aus der Kirche auszutreten.« Rund 200 dieser »Persilscheine«, wie man die eidesstattlichen Versicherungen im Volksmund nannte, brachte Vati zusammen. Trotz dieser Menge von Persilscheinen wurde er immer nervöser, je näher der Termin der Verhandlung rückte. Er schlief und aß nicht mehr und war noch blasser und abgemagerter als er ohnehin schon war, als er im Sommer 1946 zusammen mit Mutti und den 200 Persilscheinen das Haus verließ.

Kaum hatten meine Eltern das Haus verlassen, da holte ich ein Kerzenstümmelchen, das ich eigens für diesen Zweck verwahrt hatte, aus seinem Versteck, zündete es an und betete zur Jungfrau Maria. Ich bat sie inständig, meinem Vater beizustehen, jetzt und in der Stunde seines Todes, vor allem aber jetzt. Ich bat um milde Richter und darum, dass Vati bald wieder arbeiten dürfe. Im Gegenzug versprach ich, nun wirklich in der Wohnung keine Freudensprünge mehr zu machen, sogar meinen Spinat wollte ich immer essen und auch sonst nicht mehr am Essen mäkeln. Ich war so versunken in meine Zwiesprache mit der Jungfrau Maria, dass ich gar nicht merkte, wie die Zeit verging. Plötzlich hörte ich meine Eltern schon wieder auf der Treppe. Ich hatte gerade noch Zeit, das Kerzchen zu löschen und verschwinden zu lassen, da waren meine Eltern schon in der Wohnung. »Vati ist Mitläufer geworden«, erzählte mir Mutti strahlend. »Das ist die zweitniedrigste Stufe, die es überhaupt gibt. Er muss 500 Reichsmark Buße zahlen und darf wieder arbeiten, sobald die Amerikanische Militärregierung dem Urteil zugestimmt hat.« Die Zustimmung der Amerikaner war reine Formsache. Dachten wir! Plötzlich fing Mutti an zu schnuppern. »Wie riecht es denn hier, du hast doch nicht etwa gezündelt?«, fragte sie misstrauisch. »Nein«, log ich, machte mein Unschuldsgesicht und hatte nicht einmal ein schlechtes Gewissen. Wie auch hätte ich meinen evangelischen Eltern klar machen sollen, dass ich, ihre evangelische Tochter, zur Jungfrau Maria betete, was sowieso nur Katholiken dürfen? Wie weiter hätte ich ihnen klar machen können, dass die Jungfrau Maria Gebete einfach besser erhört, wenn man eine Kerze anzündete, was ich von einer katholischen Freundin wusste?« Da war es schon besser, wenn man den ganzen Ärger mit einer kleinen

Notlüge aus der Welt schaffte. Außerdem war ich felsenfest davon überzeugt, dass Vati bei seiner Spruchkammerverhandlung nur deshalb so glimpflich davongekommen war, weil die Jungfrau Maria bei der Urteilsfindung ein kräftiges Wörtchen mitgeredet hatte. Etwas macht mir aber plötzlich doch Sorgen. »500 Reichsmark, das ist doch eine Menge Geld, haben wir denn so viel?« Mutti strich mir liebevoll über den Kopf »Soviel haben wir noch«, beruhigte sie mich. Meine Eltern waren sehr zuversichtlich, dass die Zustimmung der Militärregierung bald kommen würde.

Ein wunderschöner Sommer

Den Sommer 1946 habe ich in traumhaft schöner Erinnerung.

Onkel Heiner fand nicht sofort Arbeit und das war für Gisela, seine Tochter, und mich ein wahrer Segen. Onkel Heiner war fast immer für uns da. Als er merkte, dass Gisela und ich nicht schwimmen konnten, nahm er sich vor, uns das Schwimmen beizubringen. Er fragte einen auf seine Entnazifizierung wartenden Sportlehrer, wie man das am besten anstellen könne. »Toter Mann«, antwortete dieser. »Toter Mann« ist das A und O des Schwimmenlernens.« Gisela und ich übten also den »Toten Mann.« Dabei stößt man sich mit den Füßen vom Boden ab und gleitet durchs Wasser. Gisela und ich übten um die Wette. Wer die längste Strecke gleitend zurückgelegt hatte, war Sieger. Gisela, die zwei Jahre jünger war als ich, bekam immer einen kleinen Vorsprung, einen Bonus, wie Onkel Heiner es nannte. Bald glitten wir beide durch das Wasser wie die Weltmeister. Mutti war über unsere immer begeisterter werdenden Schwimmübungen nicht ganz glücklich, denn einmal kam ich jetzt immer mit nassen Haaren heim, die sie trockenfönen musste, zum anderen hatte ich einen Riesenappetit und Mutti wusste nicht, wie sie mich sattbekommen sollte, zumal die Essensrationen, die man offiziell durch die Lebensmittelkarte zugeteilt bekam, immer schmaler wurden. Als wir den »Toten Mann« perfekt beherrschten, durften wir mit den Armen Schwimmbewegungen machen und die im Wasser zurückgelegte Strecke dadurch verlängern. Als wir darin perfekt waren, durften wir durch entsprechende Beinbewegungen etwas nachhelfen. Als wir auch darin perfekt waren, zeigte uns Onkel Heiner einen schwimmenden Frosch: »Seht her, wie er sich ganz lang macht und dann wieder ganz kurz.« Wir machten es wie der Frosch und konnten schwimmen. Wir übten noch ein bisschen, dann luden wir meine Eltern und Tante Käthe schriftlich zur großen »Galaschwimmvorführung« ein. Wir schwammen quer durch den Schiedateich und bekamen viel Applaus. Meine Mutter und Tante Käthe waren sogar ein bisschen neidisch, weil sie selbst nicht schwimmen konnten. Wenn das Wetter zu schlecht war, um zum Schwimmen zu gehen, übte Onkel Heiner mit uns das Fahrradfahren. Dafür stand uns natürlich kein Kinderfahrrad mit Stützrädern zur Verfügung, sondern nur ein großes Herrenfahrrad älterer Bauart. Zum Radfahren gingen wir auf den Schäfereiweg, der damals noch ein einfacher Feldweg war und von Autos nicht befahren wurde. Onkel Heiner schob uns durch die Gegend, zeigte uns, wie man den Rücktritt betätigt oder die Handbremse. Ich vergesse nie den Augenblick, als ich plötzlich merkte, dass ich schon längst alleine fuhr und Onkel Heiner weit hinter mir zurückgeblieben war. Plötzlich bekam ich Angst und wusste nicht mehr, wie ich das Rad zum Stehen kriegen sollte. »Rücktritt«, rief Onkel Heiner, »Rücktritt«, aber in meiner Angst hatte ich vergessen, wie der Rücktritt ging. Zum Glück fiel mir die Handbremse ein und ich bekam das Rad zum Stehen. Es kippte um, ich hatte eine leichte Schürfwunde am Knie, aber ich konnte Rad fahren. Als Gisela und ich sicher fahren konnten, luden wir wieder zur großen Galaradvorstellung ein.Wir bekamen wieder großen Applaus und Mutti und Tante Käthe gaben offen zu, dass sie wieder ein bisschen neidisch seien, weil sie selbst nicht Rad fahren konnten. Als wir sicher schwammen, ging Onkel Heiner mit uns zu »ertrunkenen Steinbrüchen.« Das waren Steinbrüche, aus denen man Granit abgebaut hatte, bis Grundwasser eindrang und man nicht mehr weiterarbeiten konnte. Dieses Wasser war extrem kalt, extrem tief und extrem klar. Man konnte viele Meter in die Tiefe sehen. Hier durften sich nur sichere Schwimmer vergnügen, aber das waren wir ja beide. Mittags garten wir in einem kleinen Feuer »organisierte Kartoffeln.« Wir aßen sie mit Salz und tranken dazu mitgebrachten Tee. So einfach wie diese Mahlzeiten auch waren, so gut schmeckten sie uns unter den gegebenen Umständen. Wenn das Wetter schlecht war und wir zuhause bleiben mussten, spielte Onkel Heiner mit uns Halma, Mühle und Dame. Als er im Herbst 1947 eine Bäckerei übernahm und keine Zeit mehr für uns hatte, war das für Gisela und mich ein herber Verlust.

Der Brief der Militärregierung

Während ich meine Ferien genoss, wartete mein Vater noch immer auf den Brief der »Amerikanischen Militärregierung«, die sein Spruchkammerurteil bestätigen sollte. Insgeheim hatte Vati gehofft, dass er im Herbst 1946 nach den großen Ferien vielleicht wieder arbeiten könne, aber der erwartete Brief blieb aus. Ich ging schon wieder zur Schule, und zwar ins 3. Schuljahr. Der Herbst zog ins Land und Vati wartete noch immer ungeduldig. »Was haben eigentlich die Amerikaner mit deiner Spruchkammer zu tun?«,fragte ich einmal. »Das ist wie in der

Bibel«, erklärte mir Vati. »Die Juden hatten den Krieg gegen die Römer verloren und mussten bei allen wichtigen Entscheidungen die Römer um ihre Erlaubnis fragen. Als sie Jesus ans Kreuz nageln wollten, mussten sie Pontius Pilatus fragen. Die Geschichte kennst du ja. In meinem Fall ist es so, dass die Deutschen mich längst wieder arbeiten ließen, aber nicht dürfen, weil die Amerikaner noch nicht zugestimmt haben.« Das verstand ich gut, denn in der Bibel kannte ich mich ja aus. »Ich verstehe«, sagte ich, »wir sind die Juden, die Amerikaner sind die Römer und der Amerikanische Kommandant ist der Pontius Pilatus.« »Na, ja, so ungefähr jedenfalls«, räumte Vati ein.

Nach Wochen des Wartens kam endlich der ersehnte Brief. Hastig riss Vati das Couvert auf. Der Brief war in Englisch geschrieben und trug die Überschrift: »Concurrence with Spruchkammerurteil.« Plötzlich begannen Vatis Hände und sein Kinn zu zittern. Er rief laut und aufgeregt nach Mutti. »Was liest du hier? Sag mir, was du hier liest«, herrschte er Mutti an und Mutti, des Englischen nicht mächtig, las: »Konkurrenz mit Spruchkammerurteil.« »Da hast du es: Konkurrenz steht hier, Konkurrenz. Die Amerikaner stimmen dem Spruchkammerurteil nicht zu«, schrie Vati. »Nie wieder werde ich in meinem Beruf arbeiten können.« Mutti versuchte zu beruhigen, aber auch sie war aufgeregt. »Lass es uns doch noch mal versuchen«, beruhigte sie. In der nächsten halben Stunde versuchten meine Eltern, die beide nie Englisch gelernt hatten, das Geschriebene zu entziffern. Aber so sehr sie sich auch mühten, das entscheidende Wort »Konkurrenz« blieb. Schließlich verließ Vati völlig außer sich vor Aufregung das Haus. »Es wird doch irgendwo in Schwarzenbach jemanden geben, der diesen Wisch entziffern kann«, stieß er hervor. Er blieb lange weg. Erst nach Stunden kam er erschöpft und verzweifelt zurück.

Das Wort »Konkurrenz« blieb schwerwiegend und unheilverkündend im Raum stehen. Vati wollte nichts unversucht lassen und ließ sich einen Termin in einem Übersetzungsbüro in Hof geben. Das Übersetzungsbüro war überlastet und hatte erst in ein paar Tagen einen Termin frei. Die darauf folgenden Tage waren schlimm. Vati saß auf dem Sofa und starrte mit versteinertem Gesicht gegen die Wand. Ich sprach nur noch im Flüsterton und schlich auf Zehenspitzen durchs Zimmer. Endlich kam der lang ersehnte, lang gefürchtete Termin im Übersetzungsbüro in Hof. Ich durfte mitkommen. Die Zugfahrt ist mir noch heute in übler Erinnerung. Erst standen wir eine Ewigkeit herum, weil die Züge 1946 nur sporadisch fuhren und sich nach keinem Fahrplan richteten. Als der Zug endlich kam, hatte er keine Fensterscheiben, wie fast alle Züge in diesen Jahren und es zog fürchterlich. Damit ich mich nicht erkälte, bestand Mutti darauf, mir ein Koptuch aufzusetzen und mir einen Schal um den Hals zu wickeln. Endlich war diese schreckliche Bahnfahrt zu Ende. Weil keine Busse fuhren, kämpften wir uns zu Fuß zum Übersetzungsbüro durch. Nach einigem Warten bat uns ein junger Mann an seinen Schreibtisch. Er überflog das Schreiben kurz, dann las er den Inhalt in deutscher Sprache vor: »Bestätigung des Spruchkammerurteils.« Der junge Mann wollte gerade fortfahren und meinen Eltern den gesamten Inhalt des Schreibens übersetzen, da schoss mein Vater in die Höhe, seine Stimme überschlug sich, seine Zornesader schwoll an, sein ausgestreckter Zeigefinger zitterte bedenklich. »Junger Mann«, schrie er, »junger Mann, Konkurrenz steht hier, verstehen sie mich, Konkurrenz, ich lass mich doch von ihnen nicht für dumm verkaufen.« Der junge Mann blieb ruhig. »Nun ja«, erwiderte er höflich, »Konkurrenz muß nicht immer etwas Negatives sein, es kann auch Übereinstimmung oder Bestätigung bedeuten, wie in Ihrem Fall.« »Das glaub ich Ihnen nicht«, rief Vati. Er sagte es so, als habe er einen Schüler vor sich, der dabei war, ihm eine faustdicke Lüge aufzutischen. Der jung Mann blieb weiterhin ruhig. Mit einem nachsichtigen Lächeln holte er ein Wörterbuch vom Regal, schlug die entsprechende Seite auf und ließ Vati selbst lesen: concurrence = Zusammentreffen, Übereinstimmung, Einverständnis. Nun erst begann Vati, sich wenigstens ein bisschen zu beruhigen. Der junge Mann übersetzte weiter, dass die Amerikanische Militärregierung das Urteil der Spruchkammer bestätige. Mein Vater solle sich umgehend bei seiner Dienstbehörde melden und könne seine berufliche Tätigkeit wieder aufnehmen. Mehr stolpernd als gehend verließen meine Eltern das Büro. Die Tür einer kleinen Konditorei stand an diesem sonnigen Herbsttag einladend offen und weil meine Eltern das Gehörte noch immer nicht glauben konnten, auch ihren Kopf noch nicht frei hatten, betraten wir die Konditorei und ließen uns an einem kleinen Marmortisch nieder. Für mich war es der erste Besuch in einer Konditorei. Andächtig fuhr ich mit dem Finger über den kalten, glatten Marmor des Tischchens und über den roten Plüsch meines Sessels. Eine Kellnerin tauchte am Tisch auf. »Bitte schön«, sagte sie höflich. Meine Eltern waren mit den Gedanken noch immer im Übersetzungsbüro. »Wie? Was?«, fragten sie geistesabwesend. Die Kellnerin kam ihnen zu Hilfe. »Einen Malzkaffe könnt ich ihnen bringen, vielleicht auch ein Stück Kuchen, wenn' s Marken hätten.« »Marken, ja, Marken.« Geistesabwesend fingerte Mutti in ihrem Geldbeutel herum und legte einige Marken auf den Tisch. Mutti hatte sich zuerst wieder gefangen. Sie bekam feuchte Augen, wie immer, wenn ihr etwas nahe ging. Sie tätschelte meinem Vater die Hand. »Es geht aufwärts, du sollst sehen, es geht wieder aufwärts«, tröstete sie immmer wieder. Vati war mit seinen Gedanken noch immer im Übersetzungsbüro. »Konkurrenz heißt Bestätigung«,wiederholte er immer wieder kopfschüttelnd, »Bestätigung heißt Konkurrenz.« Irgendwie hatte er noch immer nicht begriffen. Plötzlich sah ich etwas, was meine Augen groß und immer größer werden ließ. Die

Kellnerin kam. In der einen Hand hielt sie eine Kanne Malzkaffe, in der anderen einen Teller mit einem Kuchenstück mit rosa Zuckerguss. Rosa Zuckerguss! Ich konnte mein Glück nicht fassen. Mutti strich mir mit der Hand über den Kopf:. »Lass es dir schmecken«, sagte sie, lass es dir schmecken! Es geht wieder aufwärts.« Im Januar 1947 konnte Vati seine berufliche Tätigkeit als Lehrer wieder aufnehmen. Seinen Schulleiterposten sollte er ebenfalls bald zurückbekommen. Den jungen Mann aus dem Übersetzungsbüro habe ich viel später wieder gesehen. Er war Studienrat am Mädchengymnasium in Hof, konnte sich an den Vorfall erinnern, und immer, wenn er mich sah, zwinkerte er mir verschwörerisch zu.

Mein drittes Schuljahr

Schulisch gesehen geriet auch mein drittes Schuljahr zum Flop, genauso wie vorher mein 1. und mein 2. Schuljahr. Diesmal lag es nur teilweise daran, dass geeignete Lehrer fehlten. Eine Kinderlähmungs- und eine Typhusepidemie waren dafür verantwortlich, dass die Schulen monatelang geschlossen waren.

Zunächst fing alles ganz vielversprechend an. Wir bekamen Frau Schölermann. Sie machte sich mit Feuereifer daran, die Wissenslücken, die Krieg und Nachkriegsjahre gerissen hatten, aufzufüllen. Aber von einem Tag zum anderen verschwand sie ohne irgendeine Erklärung von der Bildfläche und wir bekamen Vertretungsunterricht, der meist ausfiel. Danach bekamen wir Frau Nowotny. Sie trug knöchellange, wallende Röcke, eine Mode, die man damals »new look« nannte, hatte rot lackierte Nägel, blond gefärbte Haare und einen grell rot geschminkten Mund. Ich mochte Frau Nowotny nicht so sehr und Vati, der ab und zu einen Blick auf meine Schiefertafel warf, hatte starke Zweifel, ob sie überhaupt Lehrerin war. Aber auch Frau Nowotny verschwand von einem Tag zum anderen. Wir sollten sie nie wiedersehen. Für den Rest des Schuljahres hatten wir Vertretungsunterricht, der fast immer ausfiel. Weil wir keinen Lehrer hatten, bekamen wir am Ende des Schuljahres auch kein Zeugnis.

Und noch einmal kommt die Wohnungskommission

Mitte Januar 1947, mein Vater hatte gerade seinen Dienst wieder begonnen, klingelte es an der Wohnungstür. Drei Herren in SA-Stiefeln standen davor.

»Wohnungskommission«, stellten sie sich knapp und militärisch stramm vor. Sie kamen ohne Umschweife zur Sache. »Frau Pöhlmann«, schnarrten sie, »wir müssen ihnen ein Zimmer abnehmen.« Dass die drei SA-Stiefel trugen, entsprach den Gebräuchen der Nachkriegszeit. Neue Sachen konnte man nicht kaufen, also trug man eben alte Militärkleidungsstücke. Aber dass sie Mutti gegenüber einen Ton anschlugen, als befänden sie sich auf einem Kasernenhof, das war nun wirklich nicht nötig. Mutti erschrak. »Aber wir haben doch nur noch zwei Zimmer«, jammerte sie. »Wissen wir, wissen wir«, entgegneten die SA-gestiefelten. »Aber sie wissen ja, wie das ist mit den Pgs (Parteigenossen) heute: drei Mann ein Zimmer.« »Aber das Schlafzimmer ist ja nicht einmal heizbar«, verteidigte sich Mutti. Sie riss die Tür auf. »Hier, sehen sie selbst, Stockflecken in den Ecken, Feuchtigkeit an den Wänden. und das hier«, sie zeigte auf einige Eisblumen an den Wänden, »das ist nicht etwa Zuckerguss, falls Sie das glauben sollten. Der Raum hat keinen Kaminanschluss.« »Kein Kaminanschluss?«, fragten die SA-gestiefelten. »Na, da wollen wir doch mal sehen.« Die Häme in ihren Stimmen war nicht zu überhören. Sie machten sich unverzüglich und akribisch ans Werk und klopften alle Wände immer wieder ab. Ergebnis: Kein Kaminanschluss! »Vielleicht könnte man ja«, schlug einer vor, »hier an dieser Stelle einen Ofen hinstellen und hier«, er zeigte an eine Stelle der Wand, »ein Loch bohren und durch das Loch ein Ofenrohr leiten, das den Rauch ins Freie leitet.« Die zwei anderen blieben skeptisch. »Können sie denn nicht in einer Stunde noch mal wiederkommen?«, fragte Mutti, »dann ist mein Mann da.« »Wo ist er denn?«, wollte einer wissen. »In der Schule«, antwortete Mutti, »er arbeitet doch wieder.« »Er arbeitet wieder?« Die Gesichter der drei entspannten sich auf der Stelle und wurden fast freundlich. »Dann ist er ja entnazifiziert!«, stellte einer fest. »Dann ist er ja auch kein Pg mehr«, ergänzte ein zweiter. »Dann sieht die Sache natürlich ganz anders aus«, sinnierte ein Dritter. Daraufhin zogen die SA-gestiefelten einen Block heraus und notierten: Raum hat keinen Kaminanschluss, Stockflecken in den Ecken, Eis an den Wänden. Schließlich verabschiedeten sie sich ausnehmend freundlich. »Entschuldigen sie die Störung, Frau Lehrer!« »Nichts für Ungut, Frau Lehrer!« »Grüßen Sie ihren Mann, Frau Lehrer!« Jeder von Ihnen deutete eine leichte Verbeugung an, denn Mutti war trotz aller Schicksalsschläge noch immer eine schöne Frau. Als die SA-gestiefelten weg waren, drückte Mutti mich. »Hast du gehört? Wir sind keine Pgs mehr. Wir sind wieder wer.« Ja, wir waren wieder wer. Nachbarn, die nicht mehr gegrüßt hatten, grüßten wieder, der Hausbesitzer, der begonnen hatte, uns zu schikanieren, stellte seine Schikanen ein und unser modriges Schlafzimmer durften wir nun auch behalten. Nur unseren Kohldampf, den schoben wir weiter, denn Vati wurde in Reichsmark bezahlt und für die bekam man nun mal nichts.

Es gibt Schulspeisung

Eines Tages hieß es, die Amerikaner hätten Mitleid mit den armen, hungernden, deutschen Schulkindern und würden für jedes Schulkind pro Tag eine warme Mahlzeit spendieren. Die Sache mit dem Mitleid war nur die halbe Wahrheit. In Wirklichkeit war es wohl so, dass der Ost-West-Konflikt sich abzuzeichnen begann. Im fernen London sagte Churchill: »Wir haben das falsche Schwein geschlachtet«, wobei er meinte, dass nicht die Deutschen, sondern die Russen die wahren Feinde seien. Die Westmächte änderten ihre Deutschlandpolitik nun grundlegend. Keinen bedeutungslosen Agrarstaat wollte man aus Deutschland machen, sondern eine wirtschaftlich starke Industriemacht, die zum westlichen Machtblock gehören sollte. Der Morgenthauplan wurde endgültig ad acta gelegt und durch den Marshallplan ersetzt. Doch das erfuhr ich erst im Geschichtsunterricht der 13. Klasse, die man damals noch Oberprima nannte. Mich interessierte es zu diesem Zeitpunkt überhaupt nicht, warum die Amerikaner plötzlich so spendabel waren. Mich interessierte nur: »Was gibt es heute zu essen?« Bereits früh beim Betreten des Schulgebäudes begann das große Schnuppern. »Gab es heute Erbsensuppe? Gab es Kakao mit Brötchen? Gab es Haferbrei mit Schokogeschmack?« Jeden Morgen um 9.30 Uhr gingen wir in den Keller des Schulhauses, wo die Schulküche war, stellten uns in einer Reihe auf und holten unsere Schulspeisung. Meist waren die Portionen so reichlich, dass man noch etwas mit nach Hause nehmen konnte. So hatte man am Abend noch einmal eine schmackhafte Mahlzeit. Es war auch nicht ganz unwichtig, welchen Platz man in der Reihe einnahm. Die, die ganz vorne standen, bekamen oft nur das Dünne von oben, die, die ganz hinten standen, mussten auch schon mal damit rechnen, dass sie das Angebrannte von unten bekamen. Ich stellte mich nach Möglichkeit so auf, dass ich meine Essensportion dann bekam, wenn der Kessel noch halb voll war. Ich will nicht verschweigen, dass es Kinder gab, die mit der kostbaren Schulspeisung nicht so sorgfältig umgingen wie ich. Einmal gab es Grießbrei ohne Rosinen, der tatsächlich etwas fad schmeckte. Am nächsten Tag kam der Hausmeister völlig aufgeregt zu meinem Vater, der inzwischen wieder Schulleiter war und brachte ihm einen Schuh, in den irgendein Lümmel seinen Grießbrei, den er wohl nicht mehr mochte, gekippt hatte. Vati, der für sein Leben gern Detektiv spielte, ließ Unterricht Unterricht sein und macht sich auf die Suche nach dem Täter, was nicht ganz leicht war, weil die Schule inzwischen auf 1000 Schüler angewachsen war. Aber das störte Vati nicht. Mit dem Grießbreischuh in der Hand eilte er von Klasse zu Klasse, erfuhr hier eine Kleinigkeit, erfuhr dort eine Kleinigkeit und gegen Mittag hatte er den Übeltäter ermittelt und konnte ihn seiner gerechten Stafe zuführen. Damals gab es für Jungen noch die Prügelstrafe und Vati soll bei der Handhabung des Rohrstocks nicht zimperlich gewesen sein.

Krankheiten

Ich war im 3. Schuljahr und hatte ausnahmsweise gerade mal ein bisschen Schule, als eine Dame vom Gesundheitsamt in die Klasse kam. Sie klebte uns ein Pflaster auf die Brust und erklärte, dass wir das Pflaster auf keinen Fall abnehmen und uns an dieser Stelle auch nicht waschen dürften. Sie käme in ein paar Tagen wieder. Bei dem Pflaster handelte es sich um einen Tuberkulintest. Die Dame kam tatsächlich nach zwei Tagen wieder und nahm uns die Pflaster ab. Als sie mein Pflaster abnahm, flüsterte sie entsetzt: »Mein Gott, was ist das?« An der Stelle, an der nichts hätte sein sollen oder allenfalls eine leichte Rötung, erhob sich eine große, rote, heiße Schwellung. Die Gesundheitsamtsdame tuschelte mit der Lehrerin, füllte anschließend einen Vordruck aus, auf dem stand, dass ich mich zu einem bestimmten Zeitpunkt in Begleitung eines Erziehungsberechtigten im Gesundheitsamt in Hof einzufinden habe. Die Lehrerin übergab mir den Vordruck und forderte mich auf, sofort nach Hause zu gehen. Ich weigerte mich. »Ich bin gesund«, sagte ich trotzig. Als ich keine Anstalten machte heimzugehen, packte die Lehrerin eigenhändig meinen Ranzen und schob mich zur Tür hinaus. Als ich draußen stand, wurde mir bewusst, daß ich die Flure des Schulhauses eigentlich nur von den Pausen her kannte. Dann hallten die Gänge wider vom Geschrei der 1000 Kinder. Nun war alles still. Die Türen der Klassenzimmer waren geschlossen. Hinter den Türen hörte ich die Stimmen anderer Lehrer und ich wusste, dass hinter den Türen Kinder saßen, gesunde Kinder, die man nicht wegen einer ansteckenden Krankheit vom Unterricht ausgeschlossen hatte. Auf dem Heimweg ließ ich mir Zeit. Das einsam auf der Straße trödelnde Schulkind fiel auf. »Hast du denn keine Schule heute?«, wurde ich mehrmals gefragt. »Schon zu Ende«, antwortete ich beiläufig. Auch wenn man sehr trödelt, ist ein Schulweg irgendwann einmal zu Ende. Ich klingelte an der Wohnungstür und Mutti machte auf. Sie ahnte sofort nichts Gutes. »Was ist los?«, fragte sie beunruhigt. Ich antwortete nicht, sondern übergab ihr das Schreiben vom Gesundheitsamt. Mutti las es und musste sich nach dem Schreck erst einmal setzen. »Tuberkulose also«, flüsterte sie vor sich hin. Obwohl ich mich völlig gesund fühlte, musste ich mich ins Bett legen und heißen Kamillentee trinken. Mutti wollte ihr Wissen nicht allein mit sich herumtragen. Sie rannte ins Schulhaus und sagte Vati Bescheid. Dieser ließ die beiden letzten Schulstunden ausfallen und kam nach Hause. Meine Eltern begannen nun, den Bücherschrank zu durchwühlen, um alles über diese

Krankheit zu erfahren. Mutti wurde fündig. »Die Tuberkulose befällt überwiegend Personen, die schlecht ernährt sind und in dunklen und feuchten Wohnungen leben«, las sie vor. »Das schlechte Essen«, seufzte Mutti. »Das modrige Schlafzimmer«, ergänzte Vati. Am Nachmittag stand ein Mädchen vor unserer Tür, das etwas außerhalb von Schwarzenbach wohnte. Es hatte einen Fußweg von mindestens 2 km hinter sich. »Ich bringe der Ursula die Milch von meiner Ziege«, sagte es, »sie braucht sie jetzt dringender als ich.« Mutti wollte das Mädchen in die Wohnung bitten, aber es sagte: »In die Wohnung kommen darf ich nicht. Das hat mir meine Mutter verboten.« Mutti kochte mir aus der Milch einen Pudding, der hervorragend schmeckte. So hatte die Sache doch wenigstens etwas Gutes. Am Abend flüsterten meine Eltern miteinander. »Das Schicksal meint es nicht gut mit uns«, seufzte Vati, »das eine Kind hat uns der Krieg genommen, das andere wird uns die Tuberkulose nehmen.« Ich tat, als hätte ich nichts gehört, aber ich war nun noch bedrückter als ich es ohnehin schon war. Zwei Tage später war der Termin beim Gesundheitsamt. Mutti weckte mich sehr früh. Obwohl der Tag eher mild war, zog sie mir drei Schichten von Kleidern an. Als wir am Bahnhof ankamen, war ich schon durchgeschwitzt. Irgendwann kam auch ein Zug. Wir wollten einsteigen, aber der Schaffner stieß uns derb zurück. »Nicht mehr einsteigen!«, schrie er. »Der Zug ist überfüllt.« Tatsächlich drängten sich Menschen, die im Zug keinen Platz mehr bekommen hatten, auf den offenen Plattformen. Einige standen sogar auf den Treppen. Nach einer Weile kam der nächste Zug. Wieder schrie der Schaffner: »Nicht einsteigen!« Aber Mutti riss einfach eine Tür auf, schob mich hinein und zwängte sich selbst auch noch dazu. Zurück blieb ein schimpfender, die Fäuste ballender Schaffner. Natürlich hatte auch dieser Zug keine Fensterscheiben und obwohl ich so zwischen Erwachsenen eingepfercht war, dass ich kaum atmen, geschweige denn von einem Luftzug angeblasen werden konnte, kontrollierte Mutti ständig den Sitz meiner Wollmütze und meines Schals. Obwohl wir mit erheblicher Verspätung im Gesundheitsamt eintrafen, mussten wir warten. Der Gang, in dem wir saßen, war dunkel, schmutzig und roch nach Desinfektionsmitteln. Schließlich wurden wir aufgerufen. Ein Arzt fragte nach Kinderkrankheiten und Erbkrankheiten in der Familie. Anschließend holte eine Schwester mich allein ab und brachte mich in einen dunklen Raum. Ich musste meinen Oberkörper frei machen, anschließend presste die Schwester mich derb gegen eine eiskalte Glas- oder Metallplatte. Im Kommandoton gab sie Anweisungen. »Atmen! Anhalten! Weiteratmen!« Als ich endlich zu Mutti zurückgehen durfte, weinte ich und Mutti weinte auch. Wieder hieß es warten. Nach einer kleinen Ewigkeit kam der Arzt herein und strahlte »Es ist so, wie ich es mir von Anfang an gedacht habe«, rief er fröhlich. »Ihre Tochter ist gesund – völlig gesund.« Mutti weinte weiter. Der Arzt versuchte geduldig, Mutti die Funktion eines Tuberkulintestes zu erklären. »Dass der Test bei ihrer Tochter positiv war, bedeutet nur, dass sie irgendwann in ihrem Leben mit dem Tuberkelerreger in Berührung gekommen ist. Ihr Körper hat sich erfolgreich dagegen gewehrt und Antikörper gebildet. Haben Sie das verstanden?« Mutti nickte und weinte weiter. Mitleidig sah der Arzt Mutti an. Er versuchte, Zeit zu gewinnen, hielt die Röntgenaufnahmen gegen das Licht, sah mir in den Hals, und klopfte mit dem Bleistift gegen seine Zähne. Schließlich hatte er die erlösende Idee. »Ihre Tochter ist mit dem Tuberkelerreger in Berührung gekommen, vielleicht erst kürzlich. Ich schreibe ihr eine Sonderration an Milch und Cornflakes auf.« »Sonderration?« Das hatte Mutti verstanden. Ein Ausdruck von Freude erschien auf ihrem verweinten Gesicht. Als wir spät am Abend nach einer abenteuerlichen Zugfahrt wieder zuhause ankamen, hatte Mutti schon eine große Dose Trockenmilchpulver und eine Riesenportion Cornflakes für mich gekauft. Am nächsten Tag durfte ich auch wieder in die Schule gehen. Der misstrauischen Lehrerin präsentierte ich stolz ein Attest des Gesundheitsamtes, aus dem hervorging, dass ich frei von ansteckenden Krankheiten sei. »Nomen est Omen«, lachte Vati, als er die ganze Geschichte erfuhr. »Da hungert sich unser Bärchen mehr schlecht als recht durch den Krieg und wehrt dann noch den Tuberkelbazillus ab.«

Nach dem Fehlalarm mit der Tuberkulose erwischte mich die Krankheit doch noch. Die Amerikaner hatten die Kinderlähmung nach Europa gebracht. Im notleidenden Nachkriegsdeutschland konnte sie sich rasch ausbreiten. Als die ersten Fälle bekannt wurden, schlossen alle Kindergärten und Schulen. Mutti ging mit mir oft in den Schrebergarten, in dem ich relativ wenig Kontakt zu anderen Kindern hatte. Eines Morgens wachte ich krank auf. Der Kopf schmerzte, der Nacken war steif. Der herbeigerufene Arzt bestätigte den Verdacht, den meine Eltern vorher schon hatten: Kinderlähmung! Der Arzt war sehr ernst. »Wir haben keine Medikamente oder Impfstoffe«, flüsterte er. Wir haben keine Möglichkeit, das Kind zu behandeln. Trotzdem müssen wir es im Krankenhaus isolieren. Das Krankenhaus in Schwarzenbach nimmt keine Kinder mehr auf. Wir wollen sehen, dass wir es in Hof unterbringen.« Mutti hatte gerade noch Zeit, ein kleines Köfferchen zu packen, da war der Krankenwagen auch schon da. Streng genommen war es gar kein Krankenwagen, sondern ein unfachmännisch mit weißer Farbe angestrichener Lieferwagen, auf den ebenso unfachmännisch ein rotes Kreuz aufgemalt war. Das ganze Gefährt war alt und klapperig. Mit dieser Klapperkiste rumpelten wir also nach Hof. Beim ersten Krankenhaus, das wir anfuhren, wurden wir schon vom Pförtner abgewiesen: »Überfüllt!« Beim zweiten Krankenhaus war es dasselbe: »Überfüllt! Nehmen sie das Kind wieder mit.« Beim dritten Krankenhaus parkte der Sanitäter in einem Hinterhof, stieg mit mir viele graue und schmutzige Treppen hinauf, öffnete eine gläserne Schwingtür und wir standen im Flur einer Krankenstation. »Überfüllt!«, schrie eine völlig genervte Krankenschwester. »Überfüllt! Nehmen Sie…«.Aber der Sanitäter hatte mein Köfferchen abgestellt und rannte, zwei Treppen auf einmal nehmend, die Hintertreppe hinunter. »Hören Sie«, rief die Genervte, »hören Sie…Sie können doch nicht….nehmen sie das Kind….«, aber da hörte man unten schon eine Tür ins Schloss fallen. Der Sanitäter war über alle Berge. Die Genervte warf mir einen Blick zu, als sei ich allein am Unglück der Welt im allgemeinen und an ihrem persönlichen Unglück im Besonderen schuld. Schließlich ergab sie sich in ihr Schicksal. »Ich brauche ein Bett«, rief sie »ein Klappbett für den Flur.« Nach einer halben Stunde – oder war es eine ganze – saß ich noch immer auf meinem Köfferchen im Flur. Die Genervte, die in 5-Minutenabständen nach einem Bett gerufen hatte, machte sich nun selbst ans Werk. Sie brachte ein Klappbett, das sie an die Flurwand stellte und einen vor Schmutz starrenden Wandschirm. »Zieh dich aus!«, befahl die Genervte, »hier ist dein Bett.« Dass ich mich in einem Flur ausziehen sollte, auf dem es von hektisch hin und herrennenden Schwestern und Ärzten nur so wimmelte, trieb mir die Tränen in die Augen. »Ich möchte mich hier nicht ausziehen«, hauchte ich schüchtern. »Ja, wo denn sonst«, keifte die Genervte, »die Fürstensuite ist leider schon belegt.« Ich zog mich also im Flur aus, wobei der Wandschirm nur spärlichen Schutz bot, legte mich ins Bett und schlief trotz der Hektik um mich herum ein. Als ich wieder wach wurde, musste ich zur Toilette. Ich stieg aus meinem Notbett und wollte mich auf den Weg machen. »Neiin«, schrie die Genervte. »doch nicht so!« Ich war mir keiner Schuld bewusst. »Pantoffeln!«, befahl die Genervte. »Gehorsam zog ich meine durchlöcherten Nachkriegspantoffeln an. »Bademantel«, befahl sie weiter. »Hab ich nicht«, hauchte ich beschämt. »Auch nicht zu Hause?« Ich nickte und merkte, wie mir schon wieder Tränen der Scham in die Augen schossen, als ich zugeben musste, dass ich nicht im Besitz eines Bademantels war. »Oh Gott!«, stöhnte die Genervte und erhob hilfeheischende Blicke nach oben an die völlig verschmutzte Flurdecke, so als wolle sie den lieben Gott im Himmel bitten, sie doch endlich von diesem Horrorkind zu erlösen, das mitten im notleidenden Nachkriegsdeutschland keinen Bademantel besaß. Dabei war die Sache ganz einfach: Mutti hatte die wenigen Textilpunkte, die mir zustanden, dazu benutzt, Wolle zu kaufen, aus der sie mir Pullover und Strümpfe strickte und bis zu dem Zeitpunkt, als ich der Genervten begegnete, war ich auch ohne Bademantel recht gut durchs Leben gekommen. Als ich von der Toilette zurückkam, lag ein Bademantel auf meinem Behelfsbett. Er war braun, kratzig, stank nach Desinfektionsmitteln und gehörte dem Krankenhaus. Ich ekelte mich vor ihm, aber ich zog ihn hinfort an, um weiteren Zusammenstößen mit der Genervten aus dem Weg zu gehen. Allmählich merkte ich, wie die Krankheit mich schwächte. Ich verlor die zeitliche Orientierung, wusste nicht mehr, ob es Tag oder Nacht war, schlief ein bisschen, döste ein bisschen und wenn ich wach war, begnügte ich mich damit, die traurig von der Flurdecke baumelnden Glühlampen, die Tag und Nacht brannten, zu betrachten. Ab und zu sah ich schemenhaft einen Arzt an meinem Bett auftauchen, der mich untersuchte. Von Zeit zu Zeit stellte mir jemand einen Teller mit Essen hin und trug ihn einige Zeit später unberührt wieder weg. Bei den Toilettengängen musste mich eine Schwester stützen. Meine Eltern waren rührend. Jeden zweiten Tag gaben sie beim Pförtner einen Brief ab, in dem sie mir alle Neuigkeiten mitteilten und mir versicherten, dass sie mich lieb hätten und immer an mich dächten. Etwa zwei Wochen verbrachte ich in diesem Dämmerzustand. Eines

Morgens wurde ich wach, weil im Flur Geschirr klapperte und hatte Hunger. Ich verzehrte das Marmeladenbrot mit größtem Appetit und verlangte einen Nachschlag. Mittags gab es Kartoffeln und Bohnengmüse. Ich leerte den Teller und bekam einen Nachschlag. Abends aß ich zwei Margarinebrote. Die Schwestern berichteten dem Arzt, dass es mir besser ginge und dass ich wieder äße. Einige Tage später kam ein Arzt zu mir ans Bett und untersuchte mich gründlich. Jovial fragte er mich, was ich davon hielte, in ein paar Tagen nach Hause zu gehen. Davon hielt ich sehr viel. »Das Bett«, flüsterte die Genervte. »Wir brauchen das Bett.« Der Arzt wurde noch einen Ton jovialer und fragte mich, was ich davon hielte, sofort nach Hause zu gehen. Davon hielt ich noch mehr. Damit das Bett möglichst schnell frei wurde, half mir die Genervte sogar beim Anziehen und beim Packen. Dabei versicherte sie mir, dass ich ein besonders liebes und braves Kind gewesen sei. Als ich noch auf meinem Köfferchen saß und auf die Entlassungspapiere wartete, wurde in aller Eile mein Bett neu bezogen und zwei Sanitäter brachten auf einer Trage ein völlig apathisches Kind herein. »Oh weh«, dachte ich, »dieses Kind braucht das Bett wirklich dringender als ich.« Die Krankenschwester, die mich zum Pförtner brachte, konnte sich nur mühsam einen Weg durch die Flure bahnen, die mit Notbetten zugestellt waren. Während die ersten Opfer dieser tückischen Krankheit entlassen wurden, kamen noch immer neue hinzu. Der klapprige Sanitätswagen, der mich gebracht hatte, fuhr mich, diesmal mit einem anderen Fahrer, wieder nach Hause. Der Arzt hatte mir einen Brief mitgegeben, in dem stand, dass zur Zeit keine Folgen der Krankheit festzustellen seien. Dem Brief lagen mehrere Bezugsscheine für Trockenmilchpulver, Trockeneipulver und Cornflakes bei. Mutti war glücklich. Die Schule war noch immer geschlossen. Als sie nach Monaten wieder begann, fehlten einige Kinder, die noch an den Folgen der Krankheit litten.

Mit der Zeit kamen alle wieder, aber ein Mädchen hinkte. »Nomen est Omen«, lachte Vati, »es war schon gut, dass wir unsere Kleine »Bärchen« getauft haben, wer weiß, wie die Sache sonst ausgegangen wäre.«

Mein erstes Wiesenfest

Vor dem Krieg hatte man in Schwarzenbach immer am Ende des Schuljahres das Wiesenfest gefeiert. Dann waren die Schulkinder festlich geschmückt durch die Stadt gezogen. Nach dem Festzug hatten die Mädchen Reigen aufgeführt, die Jungen trugen Wettkämpfe im Armbrustschießen aus und zum Abschluss des ersten Tages hatte der Bürgermeister eine Rede gehalten. Der zweite Tag war ähnlich verlaufen. Nur, dass am Ende des 2. Tages der Schulleiter die Rede hielt. Mit Beginn des Krieges hatte man das Wiesenfest abgeschafft. Auch in den Jahren 45 und 46 hatte man es aus verständlichen Gründen ausfallen lassen. Auch das Jahr 1947 war an sich kein Jahr, in dem den Menschen nach Feiern zumute war. Hunger und Not herrschten überall. Offizielles Zahlungsmittel war noch immer die Reichsmark und niemand hatte Lust für diese Währung, für die man so gut wie nichts bekam, die Finger krumm zu machen. Kein Karussellbesitzer wäre bereit gewesen, für Reichsmark sein Karussell anzuwerfen. In diesem Jahr aber hatten die Amerikaner, kinderlieb wie sie waren, zugesagt, die Durchführung des Festes tatkräftig zu unterstützen. Wenn die Amerikaner aber etwas haben wollten, so bekamen sie es. Sie zahlten nicht in Reichsmark sondern in Form von Zigaretten und für die konnte man so gut wie alles haben.

Als klar war, dass das Fest stattfinden würde, stellte sich für Mutti das Problem, was sie mir denn anziehen solle. Meine verwaschenen Sommerkleider taugten zwar für die Schule und zum Spielen auf der Straße. Aber für einen Festzug? Schließlich trieb Mutti ein hübsches rosa Sommerkleidchen mit einer kunstvoll gefertigten Stickerei auf. Leider war es mir zu kurz. Mutti wäre nicht Mutti gewesen, wenn sie es nicht verstanden hätte, das Kleid kunstvoll zu verlängern. Als es fertig war, sah es in der Tat großartig aus. Am Tag des Festes waren wir alle sehr aufgeregt. Allein der Festzug! Am Anfang des Zuges marschierte eine Musikkapelle, dahinter der Bürgermeister und der Stadtrat. Danach liefen die Schulkinder, nach Klassen geordnet. Vorne gingen die Großen, hinten die Kleinen. Am Straßenrand standen die Erwachsenen und renkten sich fast die Hälse aus, um alles gut sehen zu können. Nach dem Umzug bekam jedes Schulkind einen Bon für ein Paar Bratwürste, einen für ein Fischbrötchen, einen für eine Portion Eis, einen für einen Becher Limonade und vier Bons für Karussellkarten. Als ich auf den Festplatz kam, traute ich meinen Augen nicht. »Wie im Schlaraffenland«, dachte ich. Ein normales Kinderkarussell mit Autos und Pferden drehte ebenso seine Runden wie ein Kettenkarussell. Eine Schiffschaukel war in Betrieb, ein Eisstand bot Eis an, ein Limostand verkaufte Limonade und ein Fischstand Fischbrötchen. Als es auf den Abend zuging, wurden Bratwürste gebraten und konnten wahlweise gegen Bons oder gegen Lebenmittelkarten abgeholt werden. An diesem Nachmittag aß ich das erste Eis meines Lebens, ich trank die erste Limonade meines Lebens, aß die ersten Grillwürstchen meines Lebens und fuhr zum ersten Mal im Leben Karussell. Mit der Ansprache des Bürgermeisters klang der erste Tag aus. Der zweite verlief ähnlich. Nach dem Umzug durch die Stadt bekamen wir unsere Bons, vergnügten uns auf dem Festplatz und mit der Ansprache meines Vaters am Abend war das Fest offiziell zu Ende. Da Vati es liebte, bei seinen Festreden auf die Tränendrüsen zu drücken, verließen alle Festteilnehmer mit feuchten Augen das Fest und erzählten noch lange von

der schönen, zu Herzen gehenden Ansprache meines Vaters.
So fand mein drittes Schuljahr, das mich gesundheitlich so
gebeutelt hatte, doch noch einen versöhnlichen Ausklang.

Mein 4. Schuljahr

Ohne je im Leben ein Zeugnis erhalten zu haben, kam ich
im Herbst 1947 ins 4. Schuljahr. Es begann so, wie das dritte
aufgehört hatte. Wir hatten Vertretungsunterricht, der mei-
stens ausfiel. Als ich mich schon fast daran gewöhnt hatte,
Klassenzimmer nur sporadisch von innen zu sehen, bekamen
wir nach einigen Wochen doch noch einen richtigen Lehrer.
Herr Widemann war ordentlich ausgebildet, ordentlich entnazifiziert, er hatte keine Fragebögen oder Zeugnisse gefälscht
und sich auch sonst nichts zuschulden kommen lassen, was ihm
zur Unehre gereicht hätte und mit einer Tätigkeit als Lehrer
unvereinbar gewesen wäre. Er machte sich daran, einen Teil der
Wissenslücken zu füllen, die die Kriegs- und Nachkriegszeit
gerissen hatte. Alles konnte er natürlich nicht aufholen. Als das
Schuljahr sich dem Ende näherte, meldete ich den Wunsch an,
ein Gymnasium zu besuchen. Vati hatte Bedenken. »Wie stellst
du dir das vor«, äußerte er bedenklich, »mehr als die Hälfte
deines Unterrichtes ist ausgefallen, wir haben nicht genug zu
essen, wir haben nicht genügend Heizmaterial, die Kinder,
die jetzt zum Gymnasium gehen, kommen aus den 5. oder 6.
manche sogar aus den 7. Klassen. Du wärst die Kleinste und
die Jüngste. Amerikaner und Russen haben sich noch immer
nicht auf den endgültigen Verlauf der Grenze einigen können.
Die Amerikaner haben den Russen ein Stück Grenzland ver-
sprochen, im Austausch gegen einen Teil von Berlin. Wenn die
Bahnlinie Martinlamitz Grenze wird, müssen wir unter Umständen unsere Wohnungen räumen. In diesem Fall werden

wir hier Niemandsland. Alles ist unsicher und du redest vom Gymnasium.« In vielen Punkten hatte Vati natürlich recht, aber einige Punkte konnte ich doch entkräften. »Ich muss ja sowieso eine Aufnahmeprüfung machen«, argumentierte ich. »Wenn ich durchfalle, kann ich das Gymnasium sowieso vergessen und wenn ich bestehe, komme ich vielleicht auch mit. Und was den Hunger angeht, so kann es ja kein Unterschied sein, ob ich meinen Kohldampf in der Volksschule schiebe oder im Gymnasium.« Vati lachte, bat sich Bedenkzeit aus und wollte auch mit meinem Lehrer sprechen. Einige Tage später gaben meine Eltern ihre Genehmigung dazu, dass ich zumindest erst einmal die Aufnahmeprüfung machte. Weil ich mein Zeugnis fürs Gymnasium brauchte, bekam ich es schon im Mai. Es war das erste, einzige und letzte Zeugnis meiner gesamten Grundschulzeit. In Betragen hatte ich »sehr gut.« Stolz rannte ich nach Hause. »In Betragen habe ich sehr gut«, rief ich schon unter der Tür, »und ihr habt immer gesagt, ich sei ein Ekelpaket.« Meine Eltern beeilten sich, mir zu versichern, dass sie Ähnliches nie gesagt, bzw. zwar gesagt, aber nicht gemeint, bzw. zwar im Einzelfall auch so gemeint hätten, dass man das aber nicht verallgemeinern dürfe und dass sie froh seien, dass sie mich hätten. »Weißt du«, erklärte Mutti, »wenn Eltern ein Kind verlieren, das sie sehr geliebt haben, dann kann es schon vorkommen, dass sie das andere Kind über ihrer Trauer ein bisschen vernachlässigen.« So schloss ich auch in diesem Punkt Frieden mit meinen Eltern.

Im Mai 1947 begab ich mich also zusammen mit einigen anderen Mädchen aus meiner Klasse zur Aufnahmeprüfung. Als wir die Tür zu dem Raum öffnete, in dem die Prüfung sein sollte, dachten wir, wir hätten uns in der Tür geirrt. Junge Herren im Stimmbruch und junge Damen lachten, schäkerten, alberten herum und verursachten einen Heidenlärm! Natürlich! Vati hatte mich ja darauf aufmerksam gemacht, dass die anderen fast alle älter sein würden als ich. Schüchtern flüchteten wir 4-Klässler uns in eine Ecke. Anschließend begann die Prüfung. Zunächst schrieben wir ein Diktat. Das machte mir keine Schwierigkeiten. Anschließend sollten wir einen Aufsatz schreiben. Ich fühlte mich unsicher, weil ich nie vorher einen geschrieben hatte. Ich las die Themen, die zur Auswahl standen. Eines davon hieß: »Ein Nachmittag an der Lamitz.« An der Lamitz hatte ich nicht so oft gespielt, aber was hinderte mich daran, meine Saaleabenteuer an die Lamitz zu verlegen? So schrieb ich denn drauflos, und als ich fertig war, war ich mit dem Ergebnis recht zufrieden. Danach hatten wir Pause. Weil die anderen Schüler der Schule wegen der Aufnahmeprüfung frei hatten, bekam jeder bei der Schulspeisung einen Nachschlag. Nach der Pause kam die Prüfung in Mathematik. Ich konnte zwar schriftlich multiplizieren und auch teilen, aber nun waren da plötzlich Textaufgaben, in denen von Tonnen und Kilogramm und von Doppelzentnern die Rede war. Was um alles in der Welt war das? Ich war ratlos. Einige begannen zu weinen. Der junge Studienrat, der uns prüfte, hatte den Krieg an der Front und die Nachkriegszeit im Gefangenenlager verbracht und schien wie viele Kriegsheimkehrer der Meinung zu sein, dass in der Heimat alles normal verlaufen sei. »So eine Ansammlung von Idioten, wie ihr es seid, habe ich in meinem ganzen Leben noch nicht erlebt«, brüllte er. Immerhin ließ er sich dazu herab, an die Tafel zu schreiben, dass eine Tonne 1000 kg habe und dass ein Meter aus 100 cm bestünde. Na immerhin, damit ließ sich ja was anfangen. Ich gab mein Bestes und war hinterher auch mit dieser Prüfung einigermaßen zufrieden. Zum Schluss kam eine Prüfung in Religion. Wir sollten aufschreiben, wie Mose die Gesetze vom Berg Sinai geholt hatte. Dank Kinderbibel war ich fit. Ich war als erste fertig und durfte nach Hause gehen, während die anderen noch schrieben. Im Flur stand ein Schulspeisungskessel. Ich hob den Deckel. Der

Kessel war noch halb voll. Der Duft von Haferflockenbrei mit Rosinen stieg mir verlockend in die Nase. Ob ich mir davon nehmen durfte? Wahrscheinlich nicht! Aber ich war ein Kind meiner Zeit und ans Organisieren gewöhnt. Vorsichtig schaute ich mich um und als ich sicher sein konnte, dass mich niemand sah, schöpfte ich mir mein Töpfchen bis zum alleroebersten Rand voll mit dieser Köstlichkeit. »Wie war es?«, fragten meine Eltern neugierig, als ich daheim ankam. »In Diktat und Religion war ich gut«, sagte ich, »aber in Mathematik mussten wir mit kg und t rechnen und einen Aufsatz mussten wir auch schreiben«, fügte ich etwas unsicher hinzu. »Ich glaube, dass ich es gekonnt habe.« »Du glaubst also«, fragten meine Eltern skeptisch und betonten das »glaubst.« Damit war das Thema Aufnahmeprüfung erledigt. Mutti hatte am Vormittag einen Holzleseschein ergattert, der nur eine Woche galt. So machten wir uns mal wieder mit dem Handwägelchen zu dritt auf den Weg. Einige Tage später kam eine Benachrichtigung des Gymnasiums, dass ich die Aufnahmeprüfung bestanden hätte.

Lange hatte man davon gesprochen, dass eine Währungsreform kommen müsse, aber keiner hatte eine Vorstellung davon, wie sie aussehen und was sie bewirken könne. Nun, im Sommer 1948, war sie da. Von einem Tag zum anderen verlor die Reichsmark ihre Gültigkeit. Offizielles Zahlungsmittel sollte die »Deutsche Mark« werden, die DM. Jede Person bekam ein Startgeld, »ein Kopfgeld«, wie der Volksmund es nannte, von 40 DM. Mutti ging ins Rathaus und holte das Geld, 120 DM für drei Personen waren es. Das neue Geld wurde auf den Tisch gelegt, besehen, befühlt und gegen das Licht gehalten. Schon am ersten Tag, an dem die neue Währung galt, waren die Schaufenster plötzlich voller Waren, die man sogar ohne Lebensmittelmarken oder Bezugsscheine kaufen konnte. Eigentlich hätte man erwarten können, dass nun ein Kaufrausch einsetzte. Dieser blieb jedoch aus, was daran lag, dass die Einkommen recht klein waren. Vati, der als Schulleiter schon zu den besser verdienenden gehörte, bekam 400 DM ausgezahlt. 400 DM waren bei den damaligen Preisen natürlich viel mehr als heute, aber große Sprünge konnte man damit nicht machen. Und da alle Menschen ausgehungert waren, wurde fast das gesamte Geld fürs Essen ausgegeben. Später sollte man von der »Fresswelle« sprechen, doch ist dieser Ausdruck irreführend. Man stellt sich dabei üppige Gelage vor oder Tische, die sich unter der Last der Lebensmittel biegen. So war es keineswegs. Es war nur einfach so, dass man satt wurde. Auf dem Schulbrot lag jetzt regelmäßig ein Stück Wurst, mittags gehörte ein kleines Stückchen Fleisch zum Essen und beim Abendessen hatte man die Auswahl zwischen Wurst und Käse. Für neue Kleidung reichte es kaum, aber die Not war vorbei.

Nach der Währungsreform

Im Herbst 1948 kam ich also ins Gymnasium. Dieses war neu gegründet und hatte kein eigenes Gebäude, vielmehr waren die sechs Unterrichtsräume quer durch die ganze Stadt verteilt. Dies führte dazu, dass die Lehrer zwischen den einzelnen Unterrichtsstunden Märsche durch die halbe Stadt antreten mussten und völlig außer Puste und verspätet eintrafen. So hatten wir zwischen den einzelnen Unterrichtsstunden nicht 5 Minuten Pause wie üblich, sondern 15 Minuten, was von uns Schülern durchweg als positiv empfunden wurde. Meine bis dahin gute Hausaufgabenmoral geriet ins Wanken und rutschte schließlich in den Keller, denn man hatte immer reichlich Zeit zum Abschreiben. In einem Punkt trafen Vatis Prophezeiungen allerdings ein. Ich gehörte zu den Jüngsten. Während die anderen Mädchen die Köpfe zusammensteckten, zu den Jungen hinübersahen und dann immer knallrot im Gesicht wurden, fand ich Jungen einfach doof. Damals jedenfalls!

Im Frühling 1949 erlebte ich zusammen mit Mutti einen feierlichen Augenblick. Mutti ging mit mir in ein Textilgeschäft, kaufte einen hellblauen Stoff und nähte mir daraus ein Sommerkleid. Es war das erste Kleid meines Lebens, das aus einem neuen Stoff genäht wurde.

Palmsonntag 1952! Die Schüler des Geburtsjahrganges 1938 gehen zur Konfirmation. Nach der Vorspeise erhebt sich mein Vater, um die für Familienfeiern übliche Ansprache zu halten.

»Liebe Ursula, wir haben uns heute Dir zu Ehren versammelt, um mit Dir die Konfirmation zu feiern. Nun ist die Konfirmation in erster Linie ein kirchliches Fest. Du hast heute deine Zugehörigkeit zur evangelischen Kirche bestätigt. Darüber hinaus stellt die Konfirmation aber auch die Schwelle von der Kindheit zur Jugend dar. Blicke ich zurück auf Deine Kindheit, so muss ich sagen, dass es eine ärmliche, vom Krieg geprägte Kindheit war. Oft hat es am Nötigsten gefehlt, an Nahrung, Kleidung und Heizmaterial. Der Tod deines Bruders hat diese ärmliche Kindheit zudem überschattet. Ein ganz entscheidender Tag in Deinem Leben war der 16. April 1945. An diesem Tag wurde Schwarzenbach beschossen und Du musstest, im Keller sitzend um Dein Leben bangen. Lediglich dem besonnenen Vorgehen der Schwarzenbacher Stadtväter ist es zu verdanken, dass größerer Schaden von der Stadt abgewendet wurde. Sie haben rechtzeitig die weißen Fahnen auf den öffentlichen Gebäuden gehisst. Dafür wollen wir Ihnen an dieser Stelle danken. Nun wäre es ungerecht, nur die negativen Punkte dieser Kindheit aufzuzählen. So hattest du Eltern, deren Liebe Dich täglich begleitet hat. Es gab Tage, Wochen, ja Monate, an denen Du Dich, dem Schulausfall sei Dank, unbekümmert und frei in

Gottes schöner Natur aufhalten durftest, an der Saale, an der Lamitz und am Schiedateich. Und schließlich wollen wir Deine Mutter nicht vergessen, die eine Meisterin im Nähen und Stricken ist und immer dafür gesorgt hat, dass man dir die Armut zumindest äußerlich nicht ansah. So wollen wir also das Glas erheben, die zu Ende gehende Kindheit würdig verabschieden und die nun beginnende Jugend willkommen heißen.«

Gläser klingen, Augen werden feucht, Taschentücher dezent hervorgeholt, Küsse und Umarmungen ausgetauscht. Ein Lebensabschnitt ist vorbei. Was wird der nächste bringen?